L'Écrit rouge

Du même auteur
Aux Éditions Albin Michel

L'OMBRE DU DIABLE

Hubert de Maximy

L'Écrit rouge

ROMAN

Albin Michel

22, rue Huyghens, 75014 Paris

ISBN 2-226-10822-x

Prologue

Du marcheur nocturne on ne devine que la haute taille et l'ovale blême du visage. Il avance à grands pas dans la rue montante qui se heurte à la masse du rempart. Des pierres taillées se dessinent dans la lueur d'une lanterne de fer. On entrevoit les lourds vantaux d'une porte charretière, cadenassée de chaînes. On est au bord de la ville, close jusqu'au jour. Un sergent somnole en haut de la barbacane *. On entend les voix de deux autres qui jouent aux dés sans conviction. Un chien hurle au fond dans la campagne.

Levant les yeux, l'escogriffe devine les corbeaux * des créneaux dans la pénombre. Il se tourne et contemple l'étendue des maisons. Çà et là brillent des lueurs. C'est Paris... sa ville. Il y est revenu.

De la placette en demi-cercle où il se tient, rayonnent trois rues. A un angle, de guingois

---

* Voir le glossaire en fin d'ouvrage.

contre un très vieil arbre aux branches rognées, se blottit une maisonnette à deux étages. Accrochée à sa façade on devine une grande plume de fer qui se balance. L'escogriffe extrait de sa poche une clé ouvragée. La serrure s'ouvre sans bruit. Il entre dans l'obscurité chaude de l'échoppe qui sent le parchemin, le papier et l'encre. L'écrivain public, c'est lui, et il en est heureux. Il ne regrette plus l'escolier * trop brillant de jadis. En dix ans de lecture, le grand livre de la vie lui a appris plus de vérités que ses études en Sorbonne. Il soupire d'aise, il est chez lui...

Il n'allume aucune lampe. Les marches de vieux bois qui mènent à l'étage grincent sous son poids. La fenêtre découpe une mosaïque de losanges clairs sur le noir du mur. Il l'ouvre, respire la nuit, la vraie, celle d'après minuit l'hiver, quand la ville se terre. Il se déshabille. Tout nu, il s'adonne au froid. Il songe à d'autres nuits, à d'autres hivers en Italie, en Allemagne quand, banni, il errait sans foyer ni ancrage. Aujourd'hui, le froid, il le nargue en se glissant dans le lit. Au creux de son matelas de laine, sa courtepointe remontée jusqu'aux yeux, il écoute la rumeur ténue qui entre par la fenêtre ouverte.

Il n'a pas vraiment sommeil, songe au temps présent, à ceux qu'il a vus ce soir : un damoiseau qui trichait, des filles qui riaient, un vieux vagabond qui épouillait son chien. Il aime ces gens mais il se sent amer. La barge du temps fonce vers de sombres rapides. Prétentieux et imbéciles, les princes ruinent de leur guerre inepte le peuple de Paris. Déjà la disette frappe les plus pauvres en cette fin février 1411...

Dans quelques heures, les transports de blé et de légumes arriveront de Charenton, de Villejuif où même de Créteil pour nourrir la grand'ville, du moins ceux que les troupes auront laissés passer, non sans prendre leur part, naturellement, car la guerre rôde autour de la capitale. Les gardes prélèveront l'octroi et rapineront pour eux-mêmes. Il se lèvera dans la rumeur de l'aube, regardera grouiller la foule de la porte * Bordelle et accueillera ses premiers clients. Demain, comme d'habitude, le pain sera un peu plus cher... Il soupire et ferme les yeux.

1

Le Chat

Il pleut ou plutôt il bruine. Le temps est doux. Les premiers charrois pénètrent dans la ville et comme d'habitude éclatent les premières insultes. Sous le regard indifférent des sergents du Châtelet, les charretiers se bousculent pour s'engager plus vite sous la porte étroite. De temps en temps un garde s'énerve et tout rentre dans l'ordre pour un court moment.

L'écrivain public ouvre la porte de son échoppe, regarde dehors, appelle :

– Le chat ! Le chat, viens manger !

Depuis huit jours, un greffier roux à longues pattes arrive ventre à terre à son appel. Cela l'amuse de voir le jeune animal avaler de grand appétit ses restes de soupe ou de pain trempé. La survie d'un chat est dure l'hiver, aussi dure que celle d'un autre vagabond.

Il appelle deux fois, trois fois, en vain. Il hausse les épaules et se tourne pour rentrer lorsqu'une odeur de viande grillée le trouble. Ça vient d'en face, derrière la palissade. Il monte à l'étage, son poste d'observation. A travers les losanges de verre sertis de plomb de sa fenêtre, son regard plonge dans la petite cour d'une masure abandonnée. Une silhouette brouillée par la bruine fait rôtir une bête longue. Ce n'est pourtant pas cette scène paisible qui durcit son regard. Il se jette dans l'escalier, jaillit de sa boutique et se précipite contre la porte de la maison en ruine. Elle vibre au choc. Il la tire d'une force constante en lui imprimant des mouvements de va-et-vient verticaux. Elle s'ouvre avec un léger claquement. Après un coup d'œil circulaire, il entre. Les vestiges du toit crevé encombrent l'unique pièce de la masure. La porte de la cour a été arrachée depuis des lustres. Les yeux rétrécis, la main sur sa dague, il jette un œil dans la cour : une femme accroupie tisonne le maigre feu. Il approche à pas de loup et abat une main vengeresse sur son épaule. Elle pousse un cri et se retourne : une toute jeune fille le regarde avec de grands yeux affolés.

Sa colère cède la place à un mécontentement bougon. Il rengaine sa dague. La petite, soulagée, s'assied sur un billot de bois. Elle craignait quelqu'un d'autre. Qui ? Elle a quoi, quinze, seize ans... Elle n'est pas vraiment rassurée, le danger qu'elle a fui peut revenir. Malgré son air fatigué, elle est fort mignonne avec ses yeux bleus et ses boucles brunes encadrant l'ovale d'un visage presque enfantin. Alors il grommelle :

– Ça n'est pas une raison pour manger mon chat !

Pauvre greffier roux ! Sa dépouille dans un coin de la cour avait déclenché sa colère. Elle fait maintenant la joie des rats qui l'animent d'une vie artificielle en la dévorant.

– C'est pas moi qui l'ai tué, s'exclame-t-elle, c'est le guet !

Il fronce les sourcils. Pourquoi les sergents tueraient-ils un malheureux chat ?

– Cette nuit, ou plutôt ce matin, avant l'ouverture de la porte. Je venais d'arriver. Les archers du guet discutaient. Leurs voix portaient dans le silence. J'ai regardé par une fente de la palissade. Ils étaient trois à se vanter de leur adresse à l'arbalète. Le chat était sous la lanterne qui reste allumée toute la nuit, à trente pas d'eux. Il se léchait. Alors un des gardes a bandé son arbalète et l'a percé, puis il est allé récupérer son carreau *. Il avait retroussé sa manche, tu comprends, à cause du sang qui pouvait gicler. Ton matou lui a griffé le bras et puis il est mort... J'avais faim. Au bout d'un moment les autres sont rentrés et je suis allée le chercher. J'ai attendu le jour pour le faire cuire, pour qu'on ne voie pas le feu...

Elle le regarde, toujours inquiète, puis se tourne vers le foyer et saisit la baguette qui embroche le rôti. « C'est cuit, tu en veux ? » Il réalise qu'il a faim. Ce n'est pas le premier chat qu'il mangera, il faut parfois survivre, pourtant il a un faible pour ces animaux graciles. Mais l'imbécile malfaisant qui a tué l'animal par gloriole, celui-là peut craindre sa vengeance ! Il regarde la petite. Elle mange de grand appétit. Il attend un moment puis l'interroge. Ses yeux s'emplissent de terreur :

– J'ai… j'ai dû partir très vite, dit-elle péniblement, bien avant l'aube. On… on m'avait montré cette cachette quand je suis venue à Paris, avant l'été. Alors j'y suis revenue… Il… il voulait me tuer.

– Qui ? demande-t-il doucement.

– Il va envoyer des tueurs ! Les Coquillards peut-être…

– Les quoi ?

– Les Coquillards des Innocents… c'est une bande de truands.

Le cimetière des Innocents ! On y trouve tous les déserteurs, larrons, putains et trafiquants de Paris.

– Pourquoi ? demande-t-il.

– J'le connais à peine. Il a de l'or. Les Coquillards, on dit qu'ils tuent les gens et que ça ne coûte qu'un écu. Ils font rien sans se faire payer, mais il va les payer. Il est riche !

– Qui ? redemande-t-il.

Elle baisse la tête, l'air butée, et ne répond pas. Il n'insiste pas. Ce n'est pas son affaire. Il poursuit :

– Tu ne vas pas rester là...

Il ne sait pas s'il questionne ou ordonne. Elle secoue la tête, reste muette. Il soupire, hésite.

– Tu vois l'échoppe, là, en face, avec la grande plume ? C'est chez moi. Tu viens quand tu veux.

Il ressort dans la rue, méditatif. La gamine a volé quelque chose, ou surpris un secret... En tout cas, quelque chose d'assez important pour qu'elle craigne qu'on ne lui dépêche des assassins... La bruine s'est muée en une petite pluie froide, mais il n'y prend pas garde. Presque malgré lui il se dirige vers la porte de la ville, regarde distraitement les charrois que tirent des bœufs ou de lourds chevaux.

– Un bien vilain temps...

Il lève les yeux : en tenue de sergent, à demi abrité par un bout de toile huilée, se tient un jeune homme au visage ouvert. Il a écrit pour lui de longues lettres d'amour à la fille d'un drapier trop riche pour ce paysan monté à Paris. Mais l'espoir fait vivre. Il hésite puis renonce à lui demander qui, avant l'aube, tirait à l'arbalète sur un malheureux chat : il déteste la police, toutes les formes de police. L'état de proscrit laisse des cicatrices à l'âme.

La matinée s'écoule. Les clients affluent. Il écrit d'une belle écriture ronde mais aussi suggère, conseille, oriente des parcelles de vie, un quotidien doux ou grave, vindicatif ou mercantile, et il se sent en paix. Sa plume crisse sur le parchemin souvent regratté, c'est que les peaux neuves coûtent trop cher pour les petites gens et la qualité du papier est trop médiocre pour les lettres. Les uns payent, d'autres lui donnent des pommes ou quelques légumes, beaucoup font des dettes. Il n'a ce matin-là qu'une visite vaguement désagréable : un clerc hargneux qui l'a menacé des foudres de la justice pour usage illégal du métier de notaire à la suite d'un contrat qu'il a rédigé.

– Je n'entends rien au droit et copie des actes que l'on me donne ou dicte, argumente-t-il sans colère. Dois-je vous envoyer ce genre de clients ? Dites-moi où et j'en serai heureux, a-t-il répondu doucement.

Le notaire a grommelé, lui a donné une adresse qu'il a feint de noter. Il l'a regardé partir avec un sourire ironique. Le droit, il l'a appris en Sorbonne. Il en sait plus que le prétentieux qui vient de le quitter, mais lui ne plume pas les gens, du moins ceux qu'il connaît et apprécie. Les autres, ma foi... Mais les bourgeois et les pédants ne s'adressent pas à ce clerc que d'aucuns disent déchu. Lui n'en a cure. Il est devenu philosophe, en dix ans d'errance.

Dans l'accalmie de fin d'après-midi, il monte à l'étage et, sans même y penser, se dirige vers la fenêtre. La petite est toujours là, il soupire, soulagé, puis fronce les sourcils. Elle lui semble bizarre ainsi assise sur son billot, la tête penchée. Il la scrute à travers la pluie qui n'a cessé de tomber. Elle reste là, immobile. Trop immobile. A deux pas d'elle, de l'autre côté de la palissade, la cohue, frileuse sous la pluie drue, se hâte de sortir de la ville avant qu'on ne la ferme.

Il se précipite dans l'escalier, traverse la rue en deux bonds, pousse brutalement la porte de la masure qui craque et s'arrête net à l'entrée de la cour. La petite est morte. Il le sait de tout son être, mais ne veut pas y croire. Un carreau d'arbalète la cloue au pilier auquel elle s'était adossée. Ses yeux écarquillés dans son visage enfantin lui donnent un air étonné, presque émerveillé. Il sent son cœur cogner. Il se secoue, son regard luit dans son visage devenu granitique. Il esquisse un geste pour arracher la flèche. Une vieille prudence de clandestin le retient. Ombre dans la pénombre, il réfléchit et observe. Pauvre gamine... Il a toujours vu ce qu'il ne devait pas voir. Il remonte la trajectoire plongeante du carreau planté en oblique. Il a été tiré du rempart. Pas des créneaux, mais du milieu du mur. La grisaille d'un soir de pluie l'empêche de repérer la probable ouverture. Il a envie d'aller voir tout de suite, de hurler, d'ameuter les sergents ! Il se réfrène. Ce genre de folie lui a déjà coûté cher.

Ce meurtre ne le regarde pas. La petite n'est pas sa fille. Son cœur se serre : elle pourrait l'être.

Dans la rue il flâne devant la palissade, observant le haut mur : la meurtrière de la salle des gardes, évidemment. Un claquement ténu et la flèche courtaude a volé en silence. Seul un sergent a pu tirer de là ! Une rage glacée le submerge. Il ne supporte pas que l'on tue ses protégés, fût-ce un malheureux chat ou une folle fillette, car, dès qu'elle a parlé des Innocents, il a bien compris que la petite y « vendait son devant ». Il ne s'agit pas de la simple vengeance d'un houlier * ! Les Coquillards coûtent cher et un sergent de la prévôté plus encore. Il faut un motif impérieux pour commanditer un tel meurtre et beaucoup d'argent ! La petite a surpris un secret, sûrement...

Sa résolution vient d'un coup. Il a toléré la fourberie des pédants de Sorbonne, la brutalité des nobliaux guerriers et la cupidité des bourgeois. Mais le meurtre de la gamine, c'est trop ! Cet assassin, il lui déclare la guerre. Il a un sourire sans joie.

Rentré chez lui, il grimpe à l'observatoire de sa chambre. L'exécuteur des basses œuvres est peut-être encore là. Il se plaît à penser que le même tueur a aussi occis le chat, innocence à l'état brut. Dommage que la petite ne le lui ait pas mieux décrit... « Un archer du guet... Le chat l'a griffé puis il est mort », a-t-elle dit.

Au crépuscule, quand la lumière n'est plus que nuances d'ombres, il se glisse dans la masure en ruine. Cadavre rigide, elle est toujours piquée contre sa poutre. Avec une légitime répugnance il la fouille, empoche un mouchoir, un peigne, une bourse emperlée. Apparemment, rien de bien intéressant. Après une brève hésitation, il la palpe. Dans le creux entre ses seins ronds, ses doigts devinent un objet dur. Alors il glisse la main sous le fichu, suit la peau glacée du décolleté et extrait un petit objet doré en forme de fuseau, qu'il empoche. La gamine a-t-elle entôlé un client qui l'a fait tuer pour reprendre son bien ?... Il tressaille soudain et s'accroupit derrière un tas de gravats. Il était temps. La porte s'ouvre en grinçant. L'ombre d'un homme se découpe sur la grisaille de la rue. Un bref reflet métallique révèle une cuirasse. L'archer ! L'archer assassin ! Il hésite à bondir. L'autre est déjà dans la cour. Il le voit arracher la flèche et rouler le cadavre dans une pièce d'étoffe. Quand il ressort, son fardeau oblong sur l'épaule, la peur stupide de brutaliser la petite morte le fige. Déjà la porte se ferme et lui parvient un bruit de roues. Il se souvient alors d'une charrette à âne attachée non loin de là. Il sort brusquement et la porte grince. L'homme qui s'éloignait en tenant la bride de l'âne se retourne vivement et le dévisage. Il se rejette dans l'ombre. L'autre accélère le pas. Furieux d'avoir été vu, l'écrivain public hésite à suivre la charrette quand on l'interpelle :

– Ah, te voilà. Je te cherchais.

L'archer blond, celui dont il écrit les lettres d'amour. Que veut-il encore, celui-là !

– Allons chez moi, répond l'écrivain public, que dirais-tu d'un vin chaud ?

Pris de court, il n'a trouvé que cette invitation pour distraire son attention.

– Pas de refus, dit l'autre, avec le temps qu'il fait !

Tout en calligraphiant une lettre dégoulinante de passion mièvre, il se dit qu'il en fait trop, que le jeune sergent doit se poser des questions. Et d'abord l'a-t-il vu sortir de la masure ? Le surveillait-il ? Est-il complice ? Le voyant boire à petites gorgées gourmandes, il se rassure un peu. A vingt pas de leurs lieux de travail, leur rencontre n'a rien d'étonnant... Ou alors il a compris son mouvement pour rattraper la charrette et ses bêlements d'amour ne cherchent qu'à donner le change ! Mais non, il est comme d'habitude.

– Tu étais seul à la poterne ? demande l'écrivain public qui sait parfaitement qu'ils sont toujours trois ou quatre.

– Non, répond l'autre, il y avait le gros Bertrand et puis un nouveau qui est parti juste avant moi.

– Tu le connais ?

L'autre hausse les épaules.

– Nous sommes deux cent vingt à Paris. Je ne connais pas tout le monde.

L'argousin parti, il reste calé sur sa miséricorde *. Les mains agrippées aux angles supérieurs de son lutrin de chêne, il ressasse les événements. Soudain il sursaute : l'objet métallique trouvé sur la fille, il l'oubliait. Il fouille sa poche, en extrait une minuscule jambe dorée. Elle a été cassée. Une cassure franche, aiguë. Elle a pu servir d'outil, de poinçon peut-être... Il ne l'identifie pas. De l'or ? La pointe de son couteau ne l'érafle qu'à peine : du bronze... Pourquoi la gamine a-t-elle caché cette jambe minuscule ? Il la tourne et la retourne d'un geste nerveux, bientôt familier. Le peigne ne lui apprend rien, quant à la bourse emperlée, elle contient une petite clé et une pièce d'or qui lui paraît étrange. Il l'observe de plus près, nulle figure ne l'illustre mais de subtiles arabesques : une pièce persane ! Il en vu quelques-unes à Gênes au cours de son errance, mais à Paris jamais. C'est un prix exorbitant pour une putain des Innocents ! Quant à la clé... C'est sûrement la clé du coffre où elle garde ses affaires. L'adolescente ne pouvait pas toujours coqueliquer * dehors, elle logeait bien quelque part...

Il réfléchit puis se lève, passe un pourpoint * damassé quelque peu défraîchi et enfile par-dessus un grand surcot sans manches de fourrure pelée. Une dague noire à sa ceinture complète sa mise. Il s'inspecte dans un petit miroir d'étain bleu. Grand, maigre, noir de poil et pâle de peau, le front dégarni, il a l'air d'un loup efflanqué. C'est exactement l'apparence qu'il souhaite : misérable mais dangereux. Nul ne l'attaquera. Il enfonce sur sa tête un chapeau cabossé et sort sous le ciel sombre que souligne encore une ligne rouge vers l'occident.

Il descend vers la Seine quand sonne le couvre-feu, repris de clocher en clocher. Des rafales de vent humide prennent la rue en enfilade. Les échoppes s'éteignent une à une, seuls quelques cabarets laissent leurs quinquets allumés. Aux étages apparaissent des lumières, vives derrière les vitraux, sourdes au travers des vessies de porc tendues aux fenêtres des taudis. Un frémissement de l'ombre le met en garde : deux hommes en embuscade.

– Du calme, compères, dit-il d'une voix sourde, je n'ai pas d'écus mais j'ai un bon couteau.

– Par le Grand Cornu ! Si je n'avais reconnu ta voix...

– Mais tu l'as reconnue, Benoît, répond doucement le passant.

Il s'éloigne quand le second malandrin grogne :

– C'est misère de laisser partir ce surcot en peau de loup.

– Tais-toi ! C'est l'Écrivain ! répond l'autre d'un ton respectueux.

Il marche en haut du pavé pour éviter la fange du caniveau central. Des silhouettes diffuses hantent les encoignures : tous les miséreux ne dorment pas dans le fourrage du quai au Foin. Les places y sont chères et malheur à celui qui oublie de payer. Les noyés de la Seine n'y tombent pas tous par accident. Le marcheur frissonne : la vie est dure aux pauvres. Il hausse les épaules. La vie est dure, c'est tout !

Entre deux maisons étroites du pont aux Changeurs, il entrevoit la Seine qui roule des eaux noires. Après la Cité, il longe la muraille crénelée du Grand Châtelet. Sous la lanterne de la large porte, deux sergents s'ennuient. Ils ne remarquent pas l'ombre dégingandée du marcheur qui file rue du Chevet-Saint-Leufroy. Le passant jette un coup d'œil dans une taverne illuminée où des commis bouchers boivent du mauvais vin et s'en écarte. Ceux-là ont le couteau facile quand ils ont bu. Le sang est leur métier et leur guilde les protège. L'or vient de la viande, en ces temps de disette.

Dès la rue de la Ferronnerie, une bouffée de vent apporte un remugle de charogne à côté duquel le pissat du caniveau est un parfum d'Orient. Bientôt se devine dans l'ombre le haut mur du charnier des Innocents. La porte sud est ouverte. Des lumières brillent dans certaines des baraques qui se nichent sous les arcades ou s'appuient aux murs intérieurs du champ mortuaire. L'Écrivain n'entre pas. La vie lui a durement appris à prévoir ses arrières. Le chapeau enfoncé sur les yeux, il contourne le lieu d'un pas rapide. Derrière le premier coude, une petite porte de bois perce le mur. Elle donne sur un carrefour de trois ruelles qui se perdent dans la ville. Trop étroite pour les enterrements, elle ressemble à une voie de fuite. Il a un sourire sans joie. Son tour terminé, il entre dans le cimetière sans hâte ni hésitation. Là où devrait se situer la porte repérée, la baraque de torchis d'un estaminet est adossée au mur. La flamme jaune des lampes à huile luit à travers les vessies tendues qui obturent ses étroites fenêtres. C'est nécessairement là que la bande des Coquillards tient ses quartiers. Avant d'y aller, il lui faut vérifier si la petite tapinait ici et tenter d'identifier son dernier client.

Il avance prudemment, évitant les croix de bois pourri ou de pierre dure. De temps en temps le craquement mou d'un os mal enterré le surprend. La puanteur empire. Bientôt il devine sur le sol la large grille rectangulaire qu'on abaisse à la nuit pour clore la fosse commune... Il cherche une courtisane. Une vieille se décante de l'ombre. D'un geste il refuse son offre. Elle ne dira rien. En vingt ans de métier on apprend le silence. Plus loin une jeunette l'interpelle. Il entrevoit un petit visage las, des gestes encore timides. Il la suit et elle l'enlace.

Il l'écarte sans méchanceté mais lui tient fermement le bras. La gamine s'est raidie. Alors il lui glisse un sou. Elle se calme, mais il sait bien qu'elle a encore peur.

– Je cherche une fille, dit-il. Peut-être que tu la connais ?

Il contrefait l'accent italien. Il a tellement roulé à travers l'Europe qu'il n'y a aucun mal. Il fait trop noir pour que la petite le reconnaisse. Plus tard, si on l'interroge elle ne se rappellera que l'accent.

Elle ne dit rien mais réfléchit. Que lui importe de ne pas coqueliquer pourvu que ça rapporte.

– Tu me donneras un autre sou ?

– Gagne d'abord le premier !

Il devine qu'elle hausse les épaules.

– Comment elle s'appelle ?

– Je ne sais pas, dit-il. Elle a des yeux bleus et des boucles brunes. Elle était là hier...

Il n'a pas lâché son bras et la sent tressaillir. Elle sait quelque chose. Alors il serre la main et la secoue.

– Elle n'est pas venue aujourd'hui. On l'a pas vue depuis qu'elle est partie avec un homme armé, dit-elle très vite, peut-être un soldat mais on l'a pas bien vu... Riche sûrement car il a même pas discuté le prix.

Il relâche légèrement la main. D'un mouvement brusque elle se dégage et s'enfuit. Il ne la poursuit pas. Pas question d'attirer l'attention... Les bourgeois ne portent pas l'épée et les hommes d'armes sont rarement riches. Il médite l'indication. Un de ces arrivistes du parti Armagnac qui tient Paris et ruine les Parisiens affamés... A nouveau il hésite : poursuivre cette enquête c'est vouloir mordre les loups.

Devant le cabaret, un pavé rond, verdâtre dans la lueur des quinquets, l'intrigue : un crâne que les intempéries font resurgir. Les morts sont les uns sur les autres dans le carré des Innocents, plus nombreux que tous les vivants de la ville... Les mendiants mendient, les marchands vendent et les putains forniquent sur un tapis d'ossements...

Un instant, l'envie d'être ailleurs le submerge. Il se fige, puis se remet en marche. Lorsqu'il ouvre la porte du cabaret, les têtes se tournent, mais il baisse les yeux. On reconnaît moins bien celui qui ne vous a pas regardé. Bientôt les buveurs se détournent et les conversations reprennent. Il n'étonne pas, mais de brefs coups d'œil témoignent qu'il est sous surveillance... Routine et sécurité des malandrins.

– Qu'est-ce que tu veux ?

Un gros homme mal rasé l'interpelle. Il le regarde, l'air imbécile, puis son visage s'éclaire.

– *Bibire*, dit-il.

– Qu'est-ce que tu dis ? grogne l'aubergiste.

– C'est du latin, ça veut dire « à boire », sans

doute ne parle-t-il point l'oïl *, explique un buveur vêtu d'un pourpoint pourpre passé.

Assis sur un escabeau à trois pieds, les coudes en appui sur la table, il observe du coin de l'œil l'homme en rouge. La quarantaine, mince, presque fluet, seul à une table, il boit du vin chaud à petites gorgées calmes. L'Écrivain remarque ses mains fines puis son regard dérive vers un groupe bruyant qu'il pense être les Coquillards. La serveuse décolletée et peinte détourne son attention en posant devant lui un pichet et un gobelet de grès. Elle lui sourit sans conviction. Sans même lever les yeux, il jette sur la table une grosse pièce de bronze. Elle l'empoche et s'en va en haussant les épaules.

Au bout d'un moment il se lève, cherche autour de lui. De nouveau, les hommes attablés le regardent :

– Il cherche l'échauguette *, rigole quelqu'un. Il se croit dans un château !

Tous s'esclaffent.

– Va pisser dehors comme tout le monde ! tonitrue un rouquin à l'adresse de l'Écrivain qui semble ne pas comprendre et se dirige, hésitant, vers le fond de la salle.

L'aubergiste peu amène lui barre le passage d'un bras de la taille d'un jambon. Alors il recule, mais il a vu la porte derrière une pile de tonneaux, avec la clé sur la serrure. Il sort, se soulage consciencieusement entre deux tombes et entre à nouveau.

Son vin trop chaud a tiédi agréablement. Il le déguste en songeant que la servante ne lui a pas rendu de monnaie. A-t-il payé le bon prix ou bien tente-t-elle de le voler ? Justement, un buveur paie et s'en va. La clientèle de ce bouge ne pleure pas ses écus. Ça aussi c'est une indication.

Le temps passe. L'Écrivain attend. Il connaît la vertu de la patience. Les autres l'ont oublié. La conversation des supposés Coquillards ne lui a pas appris grand-chose sinon qu'ils préparent un coup. Sérieux ou imaginaire ? Il hausse les épaules. Est-ce bien la bande dont a parlé la petite ? Telle est son unique préoccupation.

Il est déjà tard quand entre un homme enveloppé d'un grand manteau sous lequel se devine une épée. L'atmosphère s'est tendue. L'Écrivain, placé près de la porte, ne voit que son dos mais un geste révèle son pourpoint bleu vif. Les Coquillards ont salué l'arrivant d'un signe de tête discret. L'homme au pourpoint rouge s'avance vers lui et l'invite à s'asseoir. L'Écrivain tente en vain d'entendre leur conciliabule. Soudain, d'un même geste, les deux hommes se tournent vers lui. Le maintien modeste et la tête baissée, il résiste à l'envie de dévisager le nouveau venu. Certains regards peuvent être mortels, la nuit, aux Innocents. Il a quand même entrevu un lourd médaillon pendu au cou de l'homme d'épée. La prudence l'incite à s'en aller, vite. Il se lève lourdement comme s'il avait trop bu, renverse son tabouret, se baisse pour le ramasser et ainsi se rapproche de la porte. Suspicieux mais indécis, les autres l'observent.

En trois mouvements économes il est dehors. Personne n'a pu bouger. Dans la pénombre il heurte un homme épais qui lui souffle au visage une haleine de bière. Sa dague tinte sur du métal : une cuirasse. Un archer. C'est peut-être l'archer de la prévôté qui a tué la petite ! L'a-t-il reconnu ? Il se perd dans l'ombre avant même que l'homme n'ait le temps de réagir. Il rôde dans le cimetière en s'éloignant, une façon de se donner du temps pour réfléchir. Bien évidemment, la sentinelle protège l'homme au médaillon, seule personne entrée après lui dans le cabaret. Il avait rendez-vous avec l'homme au pourpoint rouge. Il sait le latin, celui-là, et ses mains le désignent comme un lettré... Va-t-il attendre qu'ils sortent pour les suivre ? Soudain il s'arrête, l'oreille aux aguets : derrière une tombe, autour d'un maigre feu, des filles conversent à mi-voix :

– Tu as vu, il est revenu...

– Qui c'est ?

– J'sais pas, mais il est revenu...

– Il doit avoir des écus...

– Vas-y si tu veux, moi j'y vais pas !

– Pourquoi ?

– Margot... la fille d'hier ! Tu sais bien celle qui est partie avec lui... Paraît qu'elle est morte...

L'Écrivain s'en va songeur... « Il est revenu »... L'homme au médaillon ? Et la petite... elle s'appelait Margot. Comment ont-elles su que leur compagne était morte ?

Il hausse les épaules : la rumeur. La rumeur de Paris si souvent fondée. Il a bougé, aussitôt les commérages se sont tus. Il reprend sa marche d'un pas régulier.

– Eh, toi, là-bas !

Il se retourne : l'homme à la cuirasse l'interpelle. Il a trop traîné. Sans répondre, il presse le pas vers la sortie du cimetière. Deux puis trois silhouettes se détachent de l'ombre et convergent vers lui. Il s'est fait repérer. Sans hésiter il prend ses jambes à son cou, percute sans ménagement le voyou qui lui coupait la route et s'engouffre dans une venelle sombre. Il court sans bruit, une vieille habitude qui lui a déjà épargné de mauvais coups, et bientôt les échos de ses poursuivants s'estompent dans la nuit. Il l'a échappé belle !

2

Soleil voilé

L'Écrivain se réveille d'un coup et s'assied dans son lit. Le tambour de son rêve résonne toujours : on frappe à sa porte à grands coups énervés. Il fait grand jour. Il saute dans ses chausses, enfile un surcot de laine et se jette dans l'escalier.

– Voilà ! J'arrive !

Il ouvre et se retrouve face à un jeune homme qui le regarde, les yeux ronds.

– Tu... tu es vivant !

– Entre, Benoît, entre, répond l'Écrivain.

Benoît s'assied. Il voue à l'écrivain public une admiration sans borne parce qu'il sait lire et écrire. Lui, aurait voulu... Quelque temps auparavant, le grand homme maigre l'a aidé, pas plus qu'un autre, mais voilà, personne jamais ne s'occupe de Benoît le tire-laine fou. Fou parce qu'il a le poignard facile, trop facile. Il porte son éternel capulet indigo passé sur un pourpoint brun qui dissimule deux poignards. Il sourit.

– Tu es vivant... mais... mais on t'a jeté dans la Seine devant moi !

– Tu me vois, non ?

– Alors ils ont tué qui ?

L'Écrivain le regarde pensivement.

– Explique-toi, dit-il.

Il repose son bol de vin chaud. Benoît, le teint rouge d'avoir trop bu, trop vite, reste coi un instant puis se remet et raconte.

La nuit dernière vers minuit, un gamin l'a prévenu qu'on égorgeait un passant tout près. Une attaque sur son territoire, c'était intolérable ! Bien décidé à se faire respecter, il a suivi le gamin.

Ils étaient trois dont un homme d'armes. C'était trop pour lui seul. Il a envoyé le gamin chercher du renfort. La nuit, Benoît voit comme un chat. Ce n'est que justice car, le jour, il différencie mal les couleurs. Il a bien reconnu l'allure dégingandée de l'Écrivain qu'il avait vu deux heures plus tôt descendre vers la Seine. Il a voulu intervenir mais trop tard : ils avaient déjà jeté le corps dans la Seine, à cent toises * du Petit Châtelet, sans même le dépouiller.

– Des caïmans * ?

– Penses-tu. Ils n'auraient jamais laissé un beau manteau comme ça.

Un bref sourire s'ébauche sur le visage du grand homme maigre.

– Pourquoi es-tu venu ? demande-t-il.

– J'avais un doute, marmonne Benoît, je ne voulais pas croire...

L'Écrivain fronce les sourcils, peu convaincu. L'autre est gêné.

– Tu comprends, bafouille-t-il enfin, si tu étais mort j'aurais tout vendu !

D'un geste large, il désigne l'échoppe. Très vite, il poursuit :

– J'aurais bu à ta santé. Une fois saoul, j'aurais sûrement pleuré !

L'Écrivain se sent désarmé. Sa rancœur s'est muée en pitié pour ce garçon simple. Il n'a même pas vingt ans mais finira pendu. Il ne réfléchit pas, prend trop de risques... Avec l'intuition des naïfs, Benoît sent ce revirement. Il se lève d'un bond et le serre fortement contre lui tandis qu'une larme brille dans ses yeux. L'Écrivain, qui pourtant en a beaucoup vu, est tout décontenancé.

– Je préfère que tu sois vivant ! conclut Benoît, puis il se précipite dehors et se perd dans la foule.

Songeur, l'Écrivain s'installe à son écritoire, extrait de son pupitre un parchemin bien blanc, taille une plume en deux coups rapides et la trempe dans l'encrier. Elle en ressort sèche. Alors il prend le premier flacon qu'il trouve, en remplit l'encrier et commence à écrire. C'est de l'encre rouge. Il hésite puis, avec un mouvement de tête, poursuit son ouvrage. Il décrit le chat percé, la petite morte, le sergent assassin, son errance nocturne aux Innocents, le meurtre de son sosie, car il sent bien que c'est lui qu'on voulait tuer... Lui ou le visiteur de la taverne des Coquillards... Cette pensée le rassure un peu. Un passant a eu tort d'avoir sa silhouette et on ne voit pas grand-chose dans les venelles à la nuit tombée. Il pose sa plume, médite un moment. On a jeté « son » cadavre dans le fleuve. Il a donc cessé d'être dangereux pour ses assassins. Il s'agissait sans doute d'un meurtre de précaution. Sa fuite des Innocents a condamné le malheureux quidam... Il ne sait pas grand-chose sinon qu'un sergent de la ville a tué un chat et une gamine, que la bande des Coquillards semble dans le coup et qu'un guerrier, habillé en bourgeois et porteur d'un médaillon, est peut-être à l'origine de tout ça... Alors il note les descriptions des personnages entrevus : l'aubergiste aux gros bras, le chevalier au médaillon, l'homme fluet en pourpoint pourpre qui sait le latin et même le sergent massif en sentinelle. Il éprouve soudain le sentiment aigu que cet homme est bien celui qu'il a vu emporter le cadavre de la petite et il se sent troublé...

Il souffle sur l'encre pour l'aider à sécher, regarde son écriture ronde et serrée, et sourit : du parchemin neuf pour son propre usage, quel luxe ! Soit, mais il l'économisera. La clochette de sa porte tinte. Vivement il glisse la feuille dans un petit tiroir sous son écritoire, une cache découverte récemment, vide malheureusement...

Un client, le premier d'une série assez longue qui le tient jusqu'au calme de midi...

L'antique tour de Nesle surplombe la Seine à l'ouest de la ville. En face, sur la rive droite, le nouveau rempart reprend deux cents toises en aval. Au pied de la tour, le treuil archaïque tire toujours une chaîne en travers du fleuve à la tombée du jour et sur la grève sont échoués les chalands des maraîchers du Pecq et de Croissy qui tiennent là leur marché.

L'Écrivain s'y promène sous le soleil voilé de l'hiver. Les marchands remballent leurs invendus et et chargent leurs lourdes barques. Il reste deux heures de jour : le temps de redescendre le fleuve pour rentrer chez eux... Au centre de la placette, entre deux boutiques, dans une minuscule échoppe officie une marchande de soupe. L'abri est précaire sous l'auvent de son volet mais on y sert aussi bien du bouillon de bœuf arrosé de vin rouge qu'un potage renommé.

Le promeneur s'accoude au comptoir et contemple la matrone qui touille vigoureusement ses marmites fumantes.

– Alors, la mère, les nouvelles sont bonnes ! l'interpelle-t-il d'un ton jovial.

– Je te connais pas, toi ! T'es pas d'ici ! répond-elle.

Tout en torchonnant d'un geste ample la planche mal équarrie de son étal, elle détaille cet échalas long comme un jour sans pain. Le bon drap de son habit, son surcot de loup gris, son front dégarni et ses yeux vifs doivent lui faire bonne impression, car elle poursuit, plus amène :

– Goûte donc ma soupe, tu m'en diras des nouvelles !

Il opine, amusé. La bonne odeur lui a donné faim. Elle pose devant lui un bol en bois fumant. Il y trempe délicatement ses lèvres en soufflant, puis boit franchement.

– Elles sont bien bonnes, tes raves, commente-t-il.

– Regarde-les dans les yeux et tu comprendras, rigole-t-elle.

Il contemple son bol et rit : les yeux du bouillon !

– Du saindoux ! Par ces temps de misère...

– Tant que j'en ai...

Il regarde alentour : les premiers maraîchers déhalent. Il y a des recoins dans les bateaux et la Seine est large, souvent hors de portée des rapaces qui, sous couvert du blocus, rackettent la ville. La marchande a ses combines...

– J'ai une réputation à défendre, moi, se rengorge-t-elle devant son air admiratif, et puis la vie est courte !

Il attend, le sourcil levé. Elle poursuit :

– On en a encore trouvé deux ce matin, retenus par la chaîne. Un qu'avait que la peau et les os. Aucun chiffonnier n'a voulu ses guenilles. La charrette du guet l'a emporté aux Innocents. Il est déjà à la fosse commune !

– Et l'autre ? demande-t-il distraitement.

Elle le regarde en dessous, hésite mais la langue lui brûle :

– Ils se sont quasiment battus pour avoir son manteau, ses chausses et ses bottes !

– Et le guet a rien dit ?

De nouveau elle hésite.

– On n'lui a rien dit, au guet. De toute façon il était mort !

– Pauvre noyé...

– Oh, y s'était pas noyé, vu qu'il avait reçu au moins dix coups de couteau. C'est pour ça qu'on n'a rien dit.

Il la regarde l'air intéressé mais sans plus, pour ne pas l'effaroucher. Après un temps elle poursuit :

– Quand il y a des morts suspectes, les sergents y nous emmènent au Petit Châtelet pour répondre à des tas de questions ! Et ça dure et ça dure, jusqu'à ce qu'on leur graisse la patte. Ça finit par revenir cher, vu que tous les noyés de la nuit finissent ici. On les trouve au matin, tout blancs et tout gonflés. Alors quand c'est pas trop clair, comme le gars de ce matin, on l'enlève avant l'arrivée des sergents du prévôt... Même que le boucher a dit que celui-là, c'était une sale histoire et qu'il valait mieux pas s'en mêler !

Il ne réagit pas lorsqu'elle se tait. Elle le regarde d'un drôle d'air comme si elle craignait d'en avoir trop dit. Il termine sa soupe, la félicite une ultime fois, paie et s'en va. Elle le regarde partir. Il enfile la ruelle aux Loups, une venelle malpropre que les passants évitent. Des murs lépreux, des fenêtres borgnes, des chiens maigres qui grognent à son approche mais s'éloignent prudemment. Une palissade bouche un trou entre deux maisons pisseuses. C'est sûrement là. Personne alentour : il écarte la haute barrière de planches disjointes et se glisse dans le petit terrain vague.

Il est bien là. Les chiffonniers l'ont jeté dans le premier terrain vague venu. Ils ne lui ont rien laissé, pas même sa chemise ou son petit linge. Il n'en avait plus besoin. L'Écrivain contemple « son » cadavre et ne se reconnaît pas. C'est vrai que le mort est un grand mince mais pas autant que lui, et la ressemblance s'arrête là. Le pauvre diable s'est fait tuer par erreur. Il l'inspecte, le retourne. L'odeur douceâtre de cadavre frais le frappe, familière. Elle lui rappelle d'autres morts, trop... dans trop de pays... trop longtemps. A-t-il dû tuer lui-même ? Il hausse les épaules : survivre ! C'est la première loi ! Il se penche, inspecte les plaies : des coups de dague en losange serré, et là cette plaie pure qui se termine par une langue de peau tranchée net... Une lame large, très aiguisée... comme celle d'un écorcheur. Une sale affaire, avait dit le boucher.

Il marche dans la ville à grandes enjambées. Des pensées sombres rôdent dans sa tête. Il est dans le bain jusqu'au cou. Benoît le fou n'est sans doute pas le seul à l'avoir repéré. Il est en danger. Il lui faut fuir. Il se secoue. Il a fui trop longtemps. Il ne fuira plus. Jamais ! Son destin lui paraît soudain inéluctable : Il poursuivra la mission qu'il s'est donnée : venger la petite putain, venger son chat aussi. Alors seulement il retrouvera la paix. Il médite, tête baissée, quand une rumeur le surprend. La foule barre la rue. Un cortège. Les badauds se pressent. Sa haute taille lui permet de voir par-dessus les têtes. Des cavaliers en pourpoints damassés se pavanent en parlant fort. Il reconnaît Armagnac à ses habits superbes. Les officiers de sa suite, des cavaliers pleins de morgue, toisent la foule du haut de leurs palefrois *. Une engeance de barbares qu'il observe avec des yeux de feu. Défile ensuite le premier * échevin dans sa robe bordée de fourrure. Son regard dur dément son visage jovial. Le prévôt * de Paris en casaque aux armes de la ville le suit. Il discute avec son voisin, un cavalier en pourpoint bleu. L'homme se tourne vers lui. Par prudence, cette prudence excessive dont il ne parvient pas à se défaire, l'Écrivain baisse la tête, couvre ses yeux de sa main pour cacher ses traits, et sourcils froncés, l'examine entre ses doigts. Le cavalier lui paraît vaguement familier. L'homme des Innocents ? Porte-t-il un médaillon au cou ? C'est trop loin pour bien voir...

Le cortège s'éloigne. C'est fini.

– Qui c'était ? demande-t-il à son voisin, un homme qui n'arrête pas de pérorer et semble connaître tout le monde.

– Alphonse d'Amaury, le prévôt de Paris : tous les sergents lui obéissent, répond-il.

L'Écrivain retient le nom, comme ça, par précaution...

– Il parlait avec qui ?

– Pas pu voir ! répond le passant qui s'éloigne.

Badaud, soit, mais sans exagérer, l'ouvrage n'attend pas. En un instant la rue s'est vidée. Mystère de Paris. L'Écrivain se retrouve seul devant la taverne des bouchers, celle de la nuit précédente. Décidément il y a trop de bouchers dans cette histoire...

Il est revenu porte Bordelle. La soirée est calme, il a rangé son écritoire bien avant que ne sonne le couvre-feu à l'abbaye Sainte-Geneviève et renvoyé à demain deux clients retardataires. De sa chambre à l'étage, il regarde distraitement le paysage familier : la porte de la ville, la fenêtre de la petite salle de garde, la cour de la maison abandonnée. La dépouille du chat a disparu, dévorée jusqu'au dernier lambeau : la vengeance des rats contre leur traditionnel assassin. Il a un sourire triste. Il aimait bien ce chat et déteste les rats. Manger ou être mangé. Époque de loups ! Il soupire, songeant à la petite. Où est le bien ? Le mal ? S'il ne s'en était pas mêlé, le passant qui lui ressemblait serait toujours en vie. Qui plus est, il n'a rien découvert. A chacun son métier. Lui est écrivain public, c'est tout. Il a pourtant étudié... Il secoue la tête pour chasser un temps oublié. Sa passion des livres lui a fait tant de mal ! Il a sa place, toute sa place dans le quartier, et tant mieux s'il rend de menus services grâce à son talent de plume. C'est bien et c'est suffisant. Sans qu'il sache pourquoi, son regard est revenu vers la cour abandonnée. Une tache brune... On dirait un tissu... Le fichu de la petite ! Il la revoit devant son feu, cette étoffe bien serrée sur ses épaules étroites. Pauvre gamine. Sur une impulsion il descend, sort de sa boutique et se dirige vers la masure en ruine.

C'est bien le fichu de la petite, à peine souillé par la boue de la cour. Il le tient à la main quand il ressort. Il n'a pas fait trois pas qu'un garçon mince au visage maigre le lui arrache.

– C'est pas à toi !

L'Écrivain reconnaît le commis du serrurier d'en face. Il l'a déjà aperçu avec son maître, un homme taciturne qu'il salue en voisin. L'œil farouche, tendu comme une corde d'arc, le garçon a posé la main sur son couteau.

– Tu as raison, il appartient à la petite Margot, répond-il doucement.

– Mais non, il n'est pas à Margot !

Le garçon s'arrête bouche bée, surpris de son propre propos. Il le regarde avec une espèce de rancune, puis il fait volte-face et s'enfuit.

– Passe me voir tout à l'heure, lui crie l'Écrivain à tout hasard, on parlera.

Il le regarde partir.

Seul chez lui, tandis que sa soupe mitonne sur les braises, il réfléchit. Depuis quand la petite connaissait-elle la bâtisse abandonnée ? Avant l'été, avait-elle dit. Et le gamin, depuis quand travaille-t-il chez le serrurier ?

3

Insomnie

L'apprenti n'est pas venu. A-t-il eu peur ? Que sait-il ? Il connaissait la petite morte. L'Écrivain a fini par s'endormir mais tout ça doit hanter son sommeil car il se réveille bientôt, la tête pleine de pensées tournoyantes. Il se lève. Il fait froid dans sa chambre. Un bruit ténu mais répété l'intrigue. Il approche de sa fenêtre. Il y a des gens dehors. Il ne devine que des silhouettes diffuses : la lanterne accrochée au-dessus de la poterne est trop loin. Il entrouvre sa fenêtre pour mieux voir. Un murmure de voix indistinctes. Le guet va réagir : il verra quelque chose quand les sergents déboucheront juste sous la lanterne qui brûle toute la nuit. Il tourne la tête vers elle, écarquille des yeux incrédules. Mais oui, la chaîne qui l'attache roule sur sa poulie. C'est ça le bruit qui l'a réveillé. Quand elle est à hauteur d'homme, un archer massif approche : le tueur à l'arbalète ? S'il avait... une arbalète justement, cette arme terriblement précise, il rendrait justice, mais est-ce bien lui l'assassin ? Peut-être descend-on la lanterne pour remplacer le flambeau de suif tout simplement. L'obscurité soudain : quelqu'un a soufflé la flamme.

Ses yeux s'habituent à l'obscurité. Il entrevoit des gens près de la porte. Un tintement métallique, un cliquetis. Un vantail s'ouvre, se referme. Quelqu'un est sorti de la ville ou y est entré. Et les gens du guet ont laissé faire ! Ils sont trois, d'habitude. L'un d'eux est peut-être complice, mais les autres c'est improbable... Il écoute encore un moment : plus de bruit, plus de mouvement, plus rien...

Il se couche plus troublé que jamais. Des tintements métalliques, des armes qui luisent en éclairs furtifs, toute une piétaille muette qui encercle sa modeste demeure, des clés qu'on essaie sur sa porte. Il s'assied brutalement dans son lit. Le petit jour colore en gris les vitraux de sa fenêtre. Il rêvait ! Il soupire de soulagement.

Pour chasser l'ombre de son cauchemar, il décide d'aller voir. Les portes ne sont pas encore ouvertes. Accrochée au rempart, la lanterne brille, pâlichonne dans le jour levant. Les sergents de garde ont l'air hargneux. Le plus jeune se plaint de sa gueule de bois. « Tais-toi, imbécile », grogne le second. On les a fait boire. Il ne voit pas le troisième, le probable complice. C'est aussi pour ces deux-là qu'on a éteint la lanterne au cas où ils se réveilleraient. Il n'a pas eu la berlue, on est bien sorti clandestinement cette nuit. Mais que lui importent des intelligences entre des Parisiens et le parti Bourguignon qui encercle la ville... Ils ont tenu Paris eux aussi. Les Armagnacs, maîtres actuels de la cité, ne valent pas mieux ! Mêmes soudards, mêmes exactions...

L'air de flâner, il passe devant l'atelier du serrurier qui justement lève ses lourds volets.

– Bien le bonjour, maître Simon, ce n'est pas votre apprenti qui ouvre aujourd'hui ?

L'autre maugrée puis, sur un regard peu amène, tourne le dos et rentre dans son échoppe.

Qui a ouvert la porte ? Méditatif, l'Écrivain descend la rue * Sainte-Geneviève pour se dégourdir les jambes et croise la patrouille montante du guet, celle qui va relever l'équipe nocturne. Un gradé l'accompagne, porteur d'un énorme trousseau de clés. Il se souvient brusquement que le service de nuit, par sécurité, n'a jamais les clés de la ville. Comment a-t-on ouvert la porte cette nuit ? Avec une fausse clé... fabriquée par un serrurier ! Son voisin d'en face a sûrement quelque idée sur la question. Machinalement, il fait demi-tour et suit la patrouille pour rentrer. Chez lui, il allume son feu, se réchauffe une écuelle de soupe. Il installe son écritoire quand un tumulte lui fait dresser l'oreille. Des gens se hâtent vers l'échoppe du serrurier. Le voyant sortir, le tonnelier mitoyen, un rouquin fort comme un cheval et chauve comme un genou, l'interpelle :

– Eh, l'Écrivain, tu ne sais pas ? L'apprenti de maître Simon, on l'a trouvé pendu dans son galetas. On vient d'emporter le corps.

– Un chagrin d'amour et vlan : tout droit en enfer ! C'était un mauvais sujet mais quand même, conclut sa femme, la pipelette du quartier.

L'Écrivain, qui d'habitude s'en méfie comme de la peste, ne résiste pas :

– Comment ça un chagrin d'amour ?

– La Jacquotte m'a dit que quand on l'a dépendu, il avait sur lui un fichu de femme. Quand même, se détruire c'est se damner. Et tout ça pour une fille qu'on connaissait même pas.

Il n'écoute plus, sur un vague salut il rentre prestement chez lui. Il a besoin de réfléchir.

Sa cervelle fonctionne à son insu tandis qu'il écrit les lettres de ses clients. A midi, il doute que l'apprenti chafouin soit voué à l'enfer pour s'être occis, il pense plutôt qu'on l'a aidé à se pendre.

Il monte à l'étage, regarde dehors, se penche. C'est ce qu'il pensait : la fenêtre de l'apprenti donne sur la cour de la masure abandonnée. C'est certainement lui qui l'a fait découvrir à la petite. Or elle connaissait cette cachette depuis le mois de juillet : elle le lui a dit. Et l'été on ne porte pas un fichu de laine ; pourtant le vêtement était parfaitement familier au jeune serrurier. Donc il la voyait régulièrement et ne pouvait ignorer qu'elle « vendait son devant » au cimetière des Innocents. Sans doute avait-il lui-même organisé son commerce. Un houlier. Un misérable maquereau ! Qui n'avait peut-être pas hésité à la vendre à ses assassins. Qui d'autre que lui pouvait connaître à la fois la fille et sa cachette ? Et comment l'auraient-ils découverte si vite sans un indicateur informé ? Quant au fichu, il l'avait sans doute repris pour supprimer un indice.

Un maquereau se pend-il par chagrin d'amour ? Jamais ! Alors ? Alors il en savait sans doute trop sur certain trafic nocturne. Qui a pu le pendre ? Le serrurier ? Mauvais et fluet comme une fouine, il est assez méchant pour ça mais pas assez costaud, quoique avec de l'aide... Il n'a pas dû manquer de main-d'œuvre la nuit dernière...

L'Écrivain se demande s'il n'en a pas trop fait en l'interpellant. S'est-il mis en danger ? C'est improbable, il n'est qu'un modeste plumitif public qui échange des propos polis avec son voisin grognon. Il est surtout un homme libre qui ne demande rien à personne mais qui ne tolère pas qu'une brute imbécile tue son chat et assassine de surcroît une gamine à sa porte !

Réfléchir encore et encore !

Un mouchoir, un peigne, une bourse contenant une pièce d'or, une clé... et cette minuscule jambe de métal jaune terminée par un pied... Il a étalé sur son pupitre les objets trouvés sur la petite morte. C'est bien la dixième fois qu'il les scrute à la recherche d'une vérité cachée. Le sou, prix probable de sa dernière passe... Pourquoi a-t-elle fui au milieu de la nuit si elle était déjà payée ? Qu'a-t-elle vu ? Ou volé ? Ou les deux ! Comme toujours, il finit par saisir cette étrange jambe. Un fragment de statuette ? Certainement pas, car en place du genou on ne trouverait pas ce rétrécissement modelé en forme d'anneau. Mais est-ce bien un anneau ? D'un geste brusque il l'empoche, saisit son chapeau, enfile son surcot et sort.

– Du bronze, répond l'orfèvre. Un fermoir, un verrou plutôt, le levier d'un verrou, sur un petit meuble... plutôt sur une cassette.

– Et ça a quelque valeur ?

– Pas grand-chose sauf pour celui qui possède le coffret à réparer. Reforger l'anneau coûterait beaucoup moins cher que ciseler une nouvelle jambe...

– Et ça vient d'où ? Je veux dire dans quelle région on trouve ce genre de décoration ?

– Ça pourrait venir d'Espagne ou d'Italie... ou peut-être des Flandres...

L'Écrivain n'insiste pas.

– La grand merci, maître orfèvre, dit-il courtoisement au vieil artisan en robe d'épais velours.

L'autre renifle, le regarde par-dessus ses petites lunettes et le salue d'un signe de tête.

Le rue ensoleillée contraste avec la pénombre de la boutique, mais il n'en voit rien tant il est absorbé par ses pensées... Qui peut posséder une cassette avec un verrou en forme de jambe ? Un tel objet vaut cher. Il doit donc appartenir à un homme riche... Pourquoi pas à un guerrier qui l'aurait reçu comme butin... Tout ça ne mène à rien, du moins pas à grand-chose. En marchant, il tourne machinalement l'objet entre ses doigts. Il l'a toujours en main quand, par un réflexe oublié, il entre sous le porche gothique du collège de Navarre qu'il longeait. Là il s'arrête, hésite : ce lieu lui est interdit... Mais non, il a purgé sa peine, son exil est terminé. Par bravade peut-être, il entre. Une horde de souvenirs l'assaillent, insupportables soudain. Il se retourne brusquement pour fuir et percute un robin gras, gris et chauve qui le dévisage d'un air courroucé et va protester quand ses yeux s'écarquillent à la vue de la petite jambe de bronze qui a tinté sur les dalles du sol. L'Écrivain la ramasse prestement avant de sortir.

Dehors il s'éloigne d'un pas vif mais sans courir

pour ne pas alarmer les passants. Il a encore dans l'oreille les glapissements du gros homme : « Arrêtez-le, arrêtez-le... » Le visage du braillard lui est familier, beaucoup trop ! Bertrand Faber, chancelier du collège de Navarre, l'a fait bannir dix ans auparavant. Pourquoi criait-il ? L'a-t-il reconnu ? Il est en règle, après tout...

Il a beau s'en défendre, il est bouleversé. Son passé lui a porté un coup bas. De nouveau il se sent gibier. Il se secoue : l'oubli doit purger la peur. La recette, il la connaît. Elle est efficace si l'on n'en abuse pas...

Assis tête baissée à une table d'estaminet, il boit son genièvre d'un trait. L'alcool explose dans son estomac en un bien-être éphémère. Son cœur affolé se calme peu à peu, mais les souvenirs s'acharnent, précis, redondants. Alors il lève la main. L'aubergiste se précipite.

Combien de gobelets de terre cuite a-t-il vidés ? Il ne veut pas savoir. Il se sent lourd et vide. Ce qu'il voulait. Au moins les fantômes d'autrefois ont-ils regagné leur tanière au fond de sa mémoire.

Dans la rue, il marche droit, sans souci de l'instant, sans rien voir, vaguement triste, sans plus. Pourquoi se retrouve-t-il, soudain, dans une foule obscène, devant les bois patibulaires de Montfaucon ? Dans le cortège de cavaliers chamarrés qui approche, il reconnaît ceux-là mêmes qui paradaient naguère par les rues. Ils escortent une charrette qui porte l'un des leurs en chemise, mains liées au dos, mais debout et la morgue au visage, même si des spasmes de peur tordent parfois sa bouche. Du haut de sa grande taille il voit, comme dans un rêve médiocre, qu'on descend le condamné. On le porte presque, toujours debout, toujours méprisant, jusqu'à un échafaud. Un coup sec derrière les genoux l'agenouille devant un billot. Il refuse de se courber, ne dit rien mais crache en direction du groupe chamarré dont le chef blêmit et fait un geste sec. Tout se passe très vite, sans grandeur ni panache. L'aide-bourreau empoigne les cheveux du prisonnier qu'il tire brutalement vers le bas. Déséquilibré, le condamné bascule. Sa figure s'écrase sur le billot, il grogne de douleur mais son cri est tranché par la hache qui s'abat avec un choc mat dans l'éclosion d'une grande fleur pourpre. L'Écrivain se demande vaguement quel est l'animal velu qui saute en bas de l'échafaud. L'aide se précipite, rattrape la tête vagabonde et la tend au bourreau qui la brandit vers la foule hurlante. Le nez tuméfié de la pauvre dépouille intrigue beaucoup plus l'Écrivain que l'ultime spasme qui agite le corps. « Il avait trahi l'Armagnac... » Pourquoi retient-il ce propos lancé dans la foule ?

Plus tard, l'esprit redevenu clair, il médite devant son écritoire. Au fond de lui pulse une douleur sourde ravivée par sa visite au collège de Navarre. Alors il se concentre sur sa quête, ouvre le tiroir secret de son lutrin, trempe une longue plume dans l'encre rouge et, aux dernières heures du jour, consigne ses réflexions sur son cahier intime. Il se relit, puis rajoute une phrase : « Le connétable d'Armagnac est sans pitié. Sa justice est aussi rapide que définitive. » Dénoncer un traître revient à lui faire trancher le col. Un sourire féroce naît sur son visage étroit que bleuit la barbe du soir. Le gros Faber risque de mal finir. Il a certainement trempé dans le meurtre de la petite pour que la vue de la petite jambe le trouble à ce point.

4

Ombre

L'Écrivain se lève, étire sa longue carcasse, regarde dehors. Le créneau du rempart se découpe sur le couchant. Il passe son surcot de loup, enfonce son chapeau sur son front dégarni et sort.

Dehors il sifflote tandis que vagabonde dans sa tête l'image du gros Faber sur un échafaud. Un sourire sinue sur ses lèvres, ses yeux luisent, sa déprime est passée. Il a faim. La mort, oui, mais la vie aussi. Il va oublier le meurtre, se promener dans la ville, sa ville, et s'offrir un bon repas. Il ne sait pas lui-même qu'il est parti en chasse.

A son grand étonnement, il éprouve quelque difficulté à retrouver l'auberge du « Connil * dodu », ainsi nommée par un escolier facétieux devenu aubergiste. Il y revoit avec plaisir la lumière jaune et l'ambiance enfumée de son souvenir. Dans l'âtre, une confortable épaisseur de braises maintient au chaud la soupe et le ragoût dont le fumet embaume. L'aubergiste a grossi, son crâne s'est déplumé. Il a toujours la même gouaille mais ne reconnaît pas l'arrivant qui n'en est ni triste ni étonné. Il sait bien que sa trop longue absence l'a rendu méconnaissable. Comme jadis, les convives braillards grouillent à l'énorme table commune. Il prend un tabouret, s'installe à une rare place libre. Une serveuse lui sert le large tranchoir de pain. Avec le coup d'œil retrouvé de l'étudiant famélique qu'il était, il repère un bon morceau et plonge les doigts dans le plat. Trop tard : la main d'un adolescent maigre bouscule la sienne, s'empare du morceau. Un regard de ses yeux noirs où danse le reflet jaune des chandelles et le jeune homme hésite, puis vivement enfourne le morceau tout entier dans sa bouche. L'Écrivain éclate de rire, aussitôt suivi par le goinfre qui s'étrangle et douche de postillons le charretier en face. L'autre beugle, se torche d'un revers avant d'essuyer tranquillement ses doigts sur l'habit de son voisin, lequel est trop saoul pour s'en rendre compte. Pour l'Écrivain, dix ans sont gommés d'un coup…

L'estomac calé et l'humeur optimiste, indifférent au couvre-feu sonné depuis longtemps, il se promène par les rues. Peu à peu le fauve se réveille en lui, la peur cède la place à la ruse. La nuit lui appartient. Tout naturellement ses pas le mènent aux Innocents. L'estaminet est encore allumé. Il se met à l'affût. De qui ? Il l'ignore ; de la chance peut-être. Elle est bonne fille, ce soir. Il voit bientôt sortir l'homme au pourpoint rouge passé et aux longues mains. Machinalement il vérifie la présence de sa dague sous son surcot de loup et lui emboîte le pas. L'un suivant l'autre ils s'enfoncent de plus en plus dans le lacis des rues qui jouxtent la grève. Un coin rendu dangereux par la masse d'errants qui dorment dans le fourrage débarqué quotidiennement des chalands. Depuis les Innocents, l'Écrivain a l'impression d'être suivi. Plusieurs fois il s'est retourné mais n'a rien vu. Devant lui, l'homme au pourpoint rouge tourne soudain et disparaît dans une venelle. Hâtant le pas, il s'y engage à son tour quand une main, maigre comme une serre de rapace, jaillit de l'ombre et agrippe son surcot : un mendiant dans l'ombre.

– Ne va pas par là si tu tiens à la vie, murmure-t-il.

Menace ou mise en garde ? D'un geste sans violence, l'Écrivain se dégage mais porte discrètement la main à sa dague, par précaution. C'est alors qu'il devine les autres et, à cette heure de la nuit, les mendiants se font coupe-gorge. Une onde froide glisse le long de son échine mais il garde son calme et très vite sa peur le cède à une tranquille exaltation. Ces gens savent quelque chose ! Il ne distingue qu'à peine les quatre silhouettes qui s'approchent et l'entourent.

– J'ai un sou d'argent, dit-il en s'adressant à celle qui d'abord l'a saisi, il est pour vous, toi et tes amis, mais vous allez devoir le gagner.

Un ricanement lui répond.

– Écoutez avant de rire, ce que j'ai sur le dos ne vaut pas grand-chose et, si je trépasse ici, vous risquerez la corde tandis que si vous m'écoutez, non seulement vous boirez du vin chaud à ma santé, mais en plus vous pourrez sans grande fatigue me rendre un petit service.

– Tu es bien audacieux, l'ami... et si tu nous disais ton nom et pourquoi tu suivais cet homme...

– Je suis écrivain public à la porte Bordelle...

– Tu es l'Écrivain ! J'ai entendu parler de toi, dit une voix féminine venant d'un tas de chiffons dans l'ombre. On va t'écouter, mais donne d'abord ton sou.

Il sort la grosse pièce d'argent, la brandit comme une hostie, mais ne la donne pas encore. Elle luit faiblement dans un rayon de lune. Qui est l'homme au pourpoint rouge ? demande-t-il. Que savent-ils des Coquillards des Innocents ? Connaissaient-ils par hasard une folle * fillette nommée Margot ?

A ce nom, ses interlocuteurs sursautent, mais ne répondent pas. Ces gens le surveilleraient-ils pour le protéger ? Il décide de raconter succinctement son histoire.

Quand il a fini, le silence s'installe. Il devine plus

qu'il ne voit les regards entendus que se jettent les mendiants.

– Tu demandes beaucoup, finit par dire une voix sourde, mais on n'aime pas trop qu'on tue les filles libres, nous autres. Surtout les jeunettes. On verra ce qu'on peut faire. On sait où te trouver, de toute façon... Peut-être rencontreras-tu quelqu'un qui répondra à tes questions...

– Et sois prudent, les rues ne sont pas sûres, complète la voix de la femme avec le plus grand sérieux tandis qu'une main maigre se referme sur le sou. Si on t'interpelle, dis que tu as déjà payé les gens de Sylvain le Manchot. Ça en calmera quelques-uns.

Il a perdu la trace de l'homme au pourpoint pourpre mais les autres ont l'air de savoir. Il reprend le chemin de son échoppe. Il est préoccupé mais ne songe plus au gros Faber.

Il n'est pas seul à avoir oublié le sorbonnard qui, pour l'heure, se morfond dans un cul-de-basse-fosse.

Déjà teigneux de nature, le chevalier au médaillon a toujours eu le vin mauvais. Aussi, son fidèle homme de main, sergent de son état, fait la grimace en le voyant rentrer, fort tard d'ailleurs, au Grand Châtelet où tous deux logent. Il hésite, fait la part du feu et lui avoue son forfait. Pas de réaction. Il répète donc son message et l'autre soudain vocifère :

– Comment ça, au cachot ? Tu as jeté maître Faber au cachot ?

– Il hurlait, il menaçait, répond l'homme d'armes. Il exigeait de vous voir immédiatement. Vous aviez interdit qu'on vous dérange. Quand je lui ai dit de revenir une heure avant le couvre-feu, il est devenu comme fou. Il a même porté la main sur moi ! Alors je l'ai bouclé pour lui apprendre.

– Il y a combien de temps ?

– Euh, dans l'après-midi, monseigneur.

– Simon Piedvache, pagu * de merde, qui t'a permis d'arrêter cet homme ? Je te ferai fouetter au sang pour t'apprendre à rester à ta place de valet. Va le chercher et ensuite disparais. File ! Qui a jamais vu pareil âne bâté...

Ses insultes résonnent sous la voûte de pierre. Le sergent regarde son maître d'un air peiné, se tourne et s'en va obéir. « L'imbécile ! songe hargneusement le guerrier qui se calme peu à peu. L'imbécile ! Il ne comprendra jamais rien. » Il est intolérable qu'un serf abruti prenne de telles initiatives. Celui-là, il l'a tiré d'une ferme misérable de son fief pour le mettre à son service. S'il veut continuer de manger à sa faim et disposer de quelques écus, il doit obéir aveuglément. Le chevalier n'est pourtant pas mécontent que ce robin hypocrite subisse la pesanteur de son pouvoir. Il sera moins insolent... et plus discret. Il commençait à insinuer... Pour monnayer son silence ? L'homme en bleu caresse distraitement le gros médaillon qui pend à son cou. Il regrette presque que son valet d'armes n'ait pas dagué le gros clerc. Doit-il l'occire ? Rien ne presse, ou plutôt si ! Il doit acquérir très vite un maximum d'écus car les jours d'Armagnac en Paris sont comptés. En tout cas, pour venir ainsi en hurlant au Châtelet, le robin a quelque aveu à faire et la première chose est de l'entendre. Il avisera ensuite.

Simon l'archer descend un long escalier à vis. Son poing, ganté de cuir épais, serre une torche qui fait danser son ombre sur le mur courbe. Il débouche dans un couloir sonore, fermé d'une grille épaisse. Appesanti sur un tabouret, un vieux sergent cuve son vin. Il le secoue sans ménagement :

– Ouvre, crétin.

Le geôlier obtempère en hâte. Il précède son collègue dans le couloir, déverrouille une cellule. Le prisonnier se dresse, ses yeux clignotent et larmoient dans la lumière, puis il se ressaisit :

– Enfin, tu me libères ! Sache que je verrai ton maître, que tu le veuilles ou non. Je vais t'apprendre à me jeter au cachot, moi. Crains sa colère quand je lui apprendrai tes petites combines crapuleuses ! Montfaucon est fait pour les ruffians de ton espèce.

Il est trop sûr de lui. La peur aux tripes, Simon Piedvache le regarde. Il réfléchit et comprend vite qu'il n'a pas le choix : il doit terroriser le sorbonnard s'il veut s'assurer son silence. Son poing ganté de cuir épais percute durement la bedaine du chancelier Faber qui se plie en deux, éructe un long jet de bile et retombe sur sa paillasse.

– Un mot contre moi, dit le valet d'armes d'une voix calme, et je t'égorge cette nuit même !

Blême dans la flamme de la torche, le clerc lève sur lui un regard affolé. Trente ans d'intrigues dans le cocon feutré de l'Université lui ont fait oublier la brutalité du temps. Une peur animale, immédiate, irrépressible le submerge. Toutes les fibres de son être savent que l'autre le tuera sans hésitation ni état d'âme, comme un mouton à l'abattoir. Dominé, il opine. Alors, avec un total mépris, l'autre lui tourne le dos et ordonne :

– Suis-moi !

Le chancelier Faber transpire de peur.

Il a raconté au chevalier bleu, l'homme d'Armagnac au Châtelet, qu'un escogriffe noir aux yeux de braise savait trop de choses et que sa vie était en danger. L'autre n'a semblé ni étonné ni même intéressé. Le robin a crié. Le crâne laminé par les vociférations et le vin bu, le chevalier l'a éconduit. Quand le gros homme frustré et furieux a exigé une escorte, il n'a obtenu qu'un misérable quinquet qu'il devra rapporter. Et maintenant il affronte seul l'insécurité des rues nocturnes.

L'Écrivain médite sa rencontre avec les mendiants, tandis qu'il marche à grandes enjambées silencieuses. A l'angle d'une ruelle la flamme d'une lanterne l'éblouit et il bouscule par mégarde le passant qui la brandissait. Grommelant de vagues excuses, il replonge dans la douceur de l'obscurité.

Le gros Faber sent son cœur défaillir. Il a reconnu l'homme qui l'a heurté l'après-midi même, celui qui jouait avec cette minuscule jambe de bronze. L'angoisse l'étreint. Les yeux sombres de cet homme, des yeux qui peuvent se faire impérieux, il les a déjà vus, affrontés même, mais où ? Quand ? Cette longue silhouette maigre, ces traits creusés sous ce chapeau enfoncé ne lui disent rien, mais ces yeux !

Parvenu au collège de Navarre, il cherche nerveusement sa clé dans les méandres de sa large robe, la trouve enfin, ouvre, disparaît dans le bâtiment sombre. Il se hâte par les couloirs sonores vers la grande chambre où il loge, y entre, s'effondre sur une cathèdre * garnie de coussins et noie son regard dans les braises de l'âtre. La peur ne le quitte plus. Peur de la rue nocturne, peur de ce Simon Piedvache qui l'a frappé sans hésiter, peur de son maître... peur surtout de l'escogriffe aux yeux luisants, croisé deux fois ce jour... Les premiers peuvent tuer, il les connaît... Mais l'autre sait. Tout. Son passé... en particulier cette nuit abominable et délicieuse dont le souvenir l'affole et l'oppresse... Ce noir personnage en veut... en veut à son âme ! La panique l'envahit de nouveau, rythmée par le tambour fou de son cœur qui peu à peu se calme. Le diable a d'autres damnés à embrocher. Il médite la perfidie qui le sortira d'affaire si les choses tournent mal. Les docteurs de Sorbonne ne manient pas l'épée mais le verbe. Alors lentement, amoureusement il aiguise ses idées.

5

Ruelle

Le soleil cligne de l'œil entre les pignons des toits et vient réveiller l'Écrivain. Il a dormi tard. Il faut dire que la nuit était avancée quand il s'est couché. Il repense aux mendiants qui l'ont mis en garde. Ils le guettaient depuis les Innocents. Il avait senti qu'on le suivait... pour son bien naturellement, sinon pourquoi lui éviter un traquenard ? Justement, rien n'est jamais gratuit. Ce qu'ils espèrent de lui, ils sauront le lui dire. Mais lui sait ce qu'il attend d'eux : ce copiste aux longues mains et en pourpoint passé, par exemple, ils connaissent son rôle dans la vie de la nuit. Ils finiront par lui en parler. Il sent obscurément qu'ils surveillent son enquête, qu'elle les intéresse, les concerne, même. Sinon, pourquoi l'empêcher de suivre l'homme en rouge dans cette venelle, pourquoi le protéger ?

Et Faber ?

C'est une autre histoire, pas claire non plus, celle-là.

Il s'est débarbouillé dans l'eau du baquet de bois qu'il laisse tiédir près de l'âtre. Il songe à sa quête tandis qu'il affûte son rasoir qui tranche si vif qu'en un certain combat son ennemi n'a pas senti sa mort. Il songe en se rasant à sa vie présente : Paris, un matin de soleil... Il sourit : il y a quelques mois à peine, il n'osait en rêver

Le froid est vif, le four du boulanger lui grille le museau en bordure de la rue. Une denrée * de pain faitif à un denier lui fera bien trois jours. Il n'aime plus le pain trop blanc, le « mollet » des bourgeois et des clercs trop riches. Il ne tient pas au corps. Un quignon, deux échalotes, un bouillon de pattes de poule qu'il a fait réchauffer et le voilà paré à ouvrir sa boutique.

Il bavarde peu ce matin-là, calme les chalands qui s'en étonnent en affirmant qu'il a trop d'ouvrage. Il veut surtout aller vite pour partir en fin de matinée. Quand il ferme son échoppe vers onze heures du matin, son voisin le tonnelier arrête de frapper sur ses pannes de barrique pour le regarder, étonné.

– Bien le bonjour, maître tonnelier, s'écrie-t-il gaiement. Je vais acheter de l'encre et des plumes. Tu pourras leur dire de revenir un peu plus tard ?

Le visage ouvert du costaud se fend d'un grand sourire :

– A la bonne heure, compère ! Je n'y manquerai point.

L'entendant parler, sa pipelette de femme pointe son nez ; il lui fait un petit signe de tête et s'en va. Satisfaite, la commère referme sa fenêtre. L'Écrivain sifflote de bonheur. C'est ça la vie. Et dans cette vie-là on ne doit percer ni les chats ni les putains de carreaux d'arbalète !

Rue de la Bûcherie, aux abords de la Seine, troupeaux, marchands et attelages s'entremêlent en une cohue braillarde. L'Écrivain a failli manquer la venelle de la nuit précédente, celle où s'est glissé l'homme au pourpoint pourpre. Il l'avait dépassée quand un bâtard, crocs serrés sur la nuque d'un porcelet presque aussi gros que lui, a failli le renverser, aussitôt suivi d'un porcher vociférant :

– Ah, charogne ! Saleté ! Je vais te mettre les tripes à l'air ! Cargne, corniaud, pet du diable !

Il s'est retourné pour les suivre des yeux. Il devra mériter sa chasse, ce chien jaune, car force gourdins brandis lui coupent la route. Le sort des cochons est d'être mangés par les hommes et non par les chiens et l'infraction à cette loi va être durement réprimée. Voire ! A l'ultime instant, le prédateur se jette dans une venelle à l'orée de laquelle poursuivants et vengeurs se percutent. L'Écrivain a la vision fugitive de la bête jaune, son cochonnet aux dents, disparaissant au fond de la ruelle.

En tout cas, celle-là est bien la bonne. Il reconnaît les toits débordant qui masquent le ciel ainsi que les ombres cahotiques, qui, au jour, ne sont que murs, surplombs et gouttières des maisons alentour. D'un pas de flâneur il emprunte le passage. A droite se succèdent les dos étroits des bâtiments de fond de cour, tandis qu'à gauche les maisons cèdent place au mur d'un jardin. Un petite porte s'y ouvre certainement... Il se penche sur la serrure, la caresse d'un doigt qu'il retire un peu gras. Soigneusement huilée, elle doit tourner sans bruit sur ses gonds. Le mur d'une toise et demie est bâti en pierres jointoyées par un mortier de chaux. Aucune prise pour l'escalader. Il grimace. Il aurait bien jeté un coup d'œil par-dessus. Il écoute le calme, le chuintement léger du vent dans les branches dénudées, Il y a là derrière un large espace avec de grands arbres. Dans Paris surpeuplé, c'est un luxe. Aucune autre ouverture sur la ruelle. L'homme en rouge est nécessairement venu là. Le passage débouche sur une berge de Seine encombrée de détritus et de broussailles. En contrebas, un gamin écorche un pourceau tandis que le chien jaune se gave de tripes fumantes. L'Écrivain tourne le coin et suit le mur de nouveau. Il lève soudain les yeux. Un bourgeois d'une soixantaine d'années à la crinière blanche regarde le fleuve et, derrière lui, Notre-Dame dont le toit formidable écrase la profusion des maisons et les dix-sept clochers de la Cité. Il domine le passage d'une bonne hauteur, le sol est manifestement surélevé derrière le mur. L'Écrivain en retrait ne parvient pas à détacher son regard de l'homme. Il émane de ce bourgeois en robe doublée de fourrure à la fois une force impérieuse et une sorte de douleur. Pourquoi le copiste au pourpoint rouge a-t-il la clé de chez lui ?

– L'homme aux cheveux blancs ? C'est Jean Augier le banquier. Il ne parle jamais à personne.

L'hôtelière trouve distingué ce grand homme maigre un peu dégarni avec ses yeux de braise. Son propos rare et sa voix chaude l'impressionnent. Quand elle le regarde, des soupirs montent dans son souffle. La force de l'âge sans doute, mais avec quelque chose de doux, de vulnérable. Pourtant, quand elle a cité le nom de maître Augier, son regard s'est allumé et elle a presque eu peur. Cela est passé si vite qu'elle doute de cet éclair.

– Pour être riche, il est riche. Il prête de l'argent à l'évêque et même au pape, à ce qu'on dit.

Elle n'est pas aussi bavarde, d'habitude. Alors ? Alors c'est le regard vif de cet homme-là qu'elle cherche... Elle se tait enfin.

L'Écrivain hausse un sourcil interrogateur et son regard s'appesantit. Elle reprend très vite :

– On ne l'aime pas beaucoup dans le quartier : il est dur aux pauvres. Peut-être parce qu'il a eu des malheurs. Lesquels ? Je ne sais pas trop, je suis là depuis peu, mais la vieille Béatrice doit savoir, elle... On la trouve à Saint-Séverin, dans la chapelle de la Vierge Noire. Elle y passe ses journées. Elle n'a plus toute sa tête...

La femme a fini par s'asseoir face à lui tandis qu'il mange avec application la platée de fèves qu'elle lui a servies. Elles sont bonnes ces fèves longtemps mitonnées et subtilement relevées. On sent qu'elles vous tiennent le ventre. Il lève les yeux sur elle. Une belle fille aux yeux clairs. Des boucles brunes s'échappent de sa coiffe blanche. Taille mince, poitrine épanouie, bras musclés : une fille que n'effraie pas le travail et qui tient son auberge de main de maître. Il prend plaisir à l'écouter. Un instant, le rêve embrume son regard. Peut-être lui faudrait-il une femme. Dans sa tête l'émotion se recroqueville, soudain interdite : il est trop neuf à Paris, il est trop tôt. Il n'a pas encore apprivoisé sa nouvelle vie. Et puis il n'aura pas de paix jusqu'à ce que l'assassin de la petite ait payé.

Elle s'est tue, regarde l'échalas brun et triste. Ses yeux perdus la touchent. Elle ne sait que faire, que dire...

– Holà, une cruche !

A la fois soulagée et malheureuse, elle se lève pour servir son client.

L'Écrivain se secoue. Il oubliait sa quête… Plus tard peut-être.

Au moment de sortir, il jette un coup d'œil à la salle. Elle est pimpante et gaie avec ses murs fraîchement chaulés et son dallage propre.

– Bien le bonjour, dame, vos fèves étaient un délice.

Elle sourit, baisse les yeux et se retourne très vite pour vaquer à son ouvrage.

Dehors, il se secoue. Qu'est-ce qu'il s'imagine ! N'empêche, il a songé à une femme qui ne serait plus éphémère, qui ne serait pas une passante, qu'il ne laisserait plus pour fuir encore et toujours. Lui, le lettré, pourquoi a-t-il regardé cette femme-là plutôt qu'une autre ? Sait-elle seulement lire ?… Elle a dû travailler dur pour avoir son auberge. Un sourire nostalgique sur les lèvres, il se retourne. Sur le pas de sa porte, elle le regarde…

La pénombre de l'église tranche avec le soleil du dehors. En réflexe, l'Écrivain s'est signé. Il avance, dérangeant une poule que ses pérégrinations ont amenée là. La pauvre lumière des vitraux étroits lui permet à peine de deviner une nef trapue. Là-bas, vers le maître-autel, luit un minuscule quinquet.

La Vierge Noire siège à l'ombre d'un pilier. Une vieille la guette farouchement. Un cierge allumé pleure sa cire beige sur ses doigts de sorcière. Elle ne le sent pas. Elle est de noir vêtue, couverte de hardes superposées, sale comme toute une porcherie. Il s'approche :

– Dame Béatrice ! chuchote-t-il. Dame Béatrice !

Elle ne répond pas, ne tourne même pas la tête. Alors il lui prend le bras. Elle a un cri de bête et darde vers ses yeux des doigts crochus. Il s'écarte d'un bond et elle retourne à ses oraisons. Foin d'oraisons ! Elle insulte la Vierge Noire. Subjugué, il écoute un moment.

– Pourquoi tu lui as laissé son enfant, à lui, hein, pourquoi ? Ce monstre a tué ma petite, et toi tu n'me l'as pas rendue ! Tu avais promis pourtant. Il voyait mal, hein, sauf la nuit, et il l'a tuée. Et toi, je t'ai donné l'or. Tout le bel or jaune qu'il m'avait forcée à prendre. C'est une bête nocturne, une bête malfaisante qui n'a pas d'âme !... Ce manteau d'or où passe le vilain museau noir de ton enfant à toi, c'est moi qui l'ai payé. Avec l'or jaune... Pour que tu me rendes la mienne...

La litanie recommence encore et encore.

– Dame Béatrice. Qui a pris ta petite fille ?

– Lui ! répond la vieille femme, le monstre de la nuit. Le diable aux mains de fer ! C'est lui ! Il m'a donné de l'or, beaucoup d'or...

– Qui t'a donné de l'or, dame Béatrice ?

– L'homme de l'or... pour que je parte sans mon

enfant. Je suis restée là. Je savais quoi faire. J'ai acheté un manteau d'or à la Vierge Noire. Avec l'or jaune. Mais elle ne m'écoute pas. Elle n'écoute jamais. Je reviendrai. Jusqu'à ce qu'elle écoute !

– Dame Béatrice...

Fasciné, l'Écrivain essaye d'en apprendre plus, de faire parler la pauvre folle, quand un gnome en soutane verdie de crasse se plante devant lui et chuchote agressivement :

– Va-t'en. C'est ici la maison de Dieu. N'écoute pas cette folle qui médit de son bienfaiteur !

A peine distrait, l'Écrivain écarte le servant d'un geste négligent. Outré, l'autre lui secoue le bras.

– Va-t'en ou j'appelle le guet.

Il baisse les yeux sur l'agité qui cherche à le tirer vers la porte, se dégage d'un geste brusque, hausse les épaules et s'en va. Il a entrevu un scandale intime, une histoire de sexe ou de sang étouffée à coups d'écus. Il existe une faille dans la vie de maître Jean Augier. Mais quel rapport avec les Innocents ? Quel message apportait l'homme en rouge ?

Dans la rue, il s'oriente et cherche la demeure du maître changeur. Une forte porte percée d'un vasistas grillagé donne sur une probable galerie. Il empoigne la patte d'aigle du heurtoir et percute vigoureusement la porte. Le guichet finit par s'ouvrir sur la figure revêche d'une femme en cornette.

– Maître Augier, demande-t-il
– Qu'est-ce que vous lui voulez ?
– C'est pour l'acte notarié...
– Attendez là !

Elle s'en va. L'Écrivain entrevoit brièvement des voûtes sombres, un vitrail clair donnant sur le jardin, des coffres massifs, de lourdes tapisseries à dominante brune. Une forteresse luxueuse et triste... Déjà la gouvernante revient.

– Vous n'êtes pas attendu ! maugrée-t-elle. Passez votre chemin ! et elle claque le guichet.

L'Écrivain hoche la tête et s'éloigne. Rien à espérer de plus. Il revient chez lui, pensif. Paris, sa ville, est lourd ce soir de drames cachés.

Les cinq ou six chalands qui piaffent devant son échoppe ramènent son sourire. Ils vont discuter de leurs problèmes de tous les jours, tranquillement, et il écrira des lettres sages, vengeresses, ou tendres. La vie, quoi... Le travail lui fait grand bien. Et c'est en bon chat de gouttière qu'il va ce soir-là traîner dans Paris, pour le plaisir. Peut-être aussi pour que certains mendiants l'abordent...

6

Trahison

Il a d'abord marché un long moment dans Paris puis, presque contre sa volonté, s'est retrouvé devant « L'Écu d'or », une auberge pourvue d'une arrière-salle discrète où roulent les dés et l'argent. Il ne joue jamais, mais regarde le jeu. Il aime supputer les possibles, imaginer des stratégies. Ce goût de la logique et du hasard n'est pas dénué d'ambiguïté : il guette sur les visages la passion dévorante, le naufrage sans cesse répété du joueur qui se ruine le fascine. Au jeu, il apprend l'humanité et peut-être lui-même...

Il remarque un joueur assis en retrait. Un lumignon à abat-jour n'éclaire bien que ses mains. Il lance les dés d'un geste désespéré, toujours le même. La rotation chaotique des petits cubes d'os allume dans ses yeux des éclairs de passion. On dirait qu'il ne croit au destin que lorsque les dés roulent. Quand ils s'arrêtent, qu'il ait gagné ou perdu, son regard s'éteint. L'Écrivain sent chez cet homme un désespoir si calme, si absolu qu'il en est profondément troublé...

Comme toujours, mais plus tôt que d'habitude, il finit par étouffer dans le tripot. Des mains blanches un peu grasses qui semblent vivre de façon autonome, une silhouette pesante, comme écrasée, ont suffi pour lui plomber l'âme...

Dehors il boit l'air froid de la nuit comme l'eau d'une source fraîche. Peu pressé de rentrer, il va à l'aventure et, en pleine rêverie, manque de se faire prendre.

Le guet du quartier ! Pas de recoin propice. Deux hommes tiennent des arbalètes bandées, les quatre autres brandissent des torches : tous sont des artisans qui font une ronde sur ordre de l'échevinage. Ils ont débouché brusquement d'une rue latérale. Prestement, l'Écrivain tire sa dague et la pose sur l'éventaire vide d'une échoppe fermée. Elle est noire de manche et de fourreau. Ce serait le diable si, à la lueur des torches, ces bourgeois gras la repéraient. Va-t-il fuir ? Les arbalètes pointées sont dissuasives. Ceux-là ne sont pas hommes de guerre et peuvent s'affoler ! L'Écrivain s'approche hardiment d'eux.

– Holà, arrête-toi ! crie l'un des porteurs de torche.

– Moi ? demande-t-il, l'air candide.

Il avance, les mains bien en vue. Les hommes l'entourent, l'un d'eux le palpe.

– Tu n'as pas d'armes ! s'exclame-t-il déçu.

– Non, puisque c'est défendu.

– Vaquer la nuit aussi, c'est défendu.

L'Écrivain prend l'air penaud.

– C'est son mari, geint-il. Il n'a pas pu entrer en ville avant la fermeture des portes... Elle m'a vite fait prévenir...

Les bourgeois rigolent et s'éloignent.

– Bonne chance, compagnon, crie l'un d'eux en se retournant.

L'Écrivain les regarde partir en souriant. A Paris, « son » Paris, les cocus font toujours rire ! Il récupère sa dague, la glisse dans sa ceinture. Il vaut mieux être armé à Paris, la nuit, même si la loi est dure aux contrevenants, car les rixes sont fréquentes et les caïmans tuent sans vergogne. Hors le flagrant délit, l'impunité est quasi totale...

Il a repris sa marche, s'arrête soudain aux aguets. Rien... Ou peut-être un souffle... Il repart, le pas léger et l'oreille tendue. Pas de doute, on le suit. Les mendiants sans doute, comme la veille. Il ne sera que mieux considéré s'il surprend son escorte. Il tourne un angle de rue et aussitôt s'accroupit. Son poursuivant se dessine en silhouette sur l'entrée de la ruelle, s'avance de quelques pas. Il n'a pas le temps de crier. La dague de l'Écrivain qui lui pique le cou l'incite clairement au silence.

– Fais pas le con, dit une voix étranglée, c'est Benoît.

– Tu me suivais ?

– Je te surveillais. Les Coquillards t'ont manqué une fois. Ce soir ils t'attendent sur le Petit-Pont.

– Comment le sais-tu ?

Un silence, puis d'un ton hésitant :

– Le Pape. Il m'a fait dire de te prévenir.

– Le « Pape de la nuit » ? Il ne me connaît même pas. Et comment a-t-il su ?

– Ses espions sont partout et il connaît tout le monde...

Est-ce lui dont parlaient les mendiants l'autre nuit ? Il règne en maître sur le quai au Foin et taxe sans pitié les miséreux qui y dorment... Il a dû apprendre par ces mêmes mendiants que l'Écrivain enquêtait. Sans doute les meurtres de putains nuisent-ils à son négoce. Le propos est plausible.

Ils se sont assis sur l'abattant d'un éventaire et parlent à mi-voix.

– Pourquoi n'es-tu pas venu me prévenir chez moi ?

– Je suis venu ; tu étais déjà parti. Alors je t'ai cherché. Par chance, je t'ai vu quand le guet t'a contrôlé. Bravo pour l'idée du cocu.

L'Écrivain sourit dans l'ombre tandis que Benoît poursuit :

– Je t'ai vu cacher ta dague, aussi. Comment as-tu fait pour l'enlever si vite ?

– Le fourreau était juste glissé dans ma ceinture.

– Fameuse idée, conclut Benoît. Allons-y. Je t'accompagne.

– Attends ! Comment les Coquillards savent-ils que je dois passer par le Petit-Pont ?

Benoît de nouveau hésite :

– C'est le plus court chemin pour traverser la Seine et aller chez toi.

L'Écrivain comprend mal. Il lui manque des données.

– Mais les gardes du Petit Châtelet sont tout près du Petit-Pont !

– Ils regarderont ailleurs...

– Alors les Coquillards et les sergents...

Benoît part d'un grand rire étouffé.

– Toi alors ! T'es naïf comme un oison de basse-cour.

– Je te suis, le coupe l'Écrivain, brièvement renfrogné.

La nuit, la ville, l'enquête et le danger... Il glisse sans bruit comme un renard en chasse. A son côté, Benoît le Fou pérore à voix haute. Trop haute ! La méfiance naît d'un coup, viscérale, exacerbée, à fleur de peau. Un frisson le parcourt, tend la peau de son visage en un masque dur que nul ne peut voir dans la nuit, surtout pas le tire-laine assassin qui marche en léger retrait. L'Écrivain se sent comme ivre. Il connaît cette sensation, cette intuition. Il doit la suivre. Il ferme son esprit, se refuse à raisonner : il est prêt.

Pour éviter le Petit-Pont, ils ont tourné à gauche rue Saint-Séverin et débouchent face au pont Saint-Michel. Resserrée entre les étroites maisons en déport sur le fleuve, la rue traversière ressemble à une gorge obscure.

Sans hésitation, l'Écrivain s'engage sur le pont, suivi de Benoît toujours légèrement en retrait. Il se retourne brusquement, saisit son compagnon, le projette en avant à l'instant précis où, d'un recoin entre les deuxième et troisième maisons de gauche, jaillissent trois spadassins.

Un cri, des gémissements : « Pas moi, pas moi, je suis Benoît... »

L'Écrivain, qui court à grandes foulées rapides, s'étonne de n'être pas surpris de la trahison du tire-laine. Des cris, dans son dos, coupent sa méditation :

– Tue, tue.

– Il s'enfuit, l'arbalète, vite.

Il oblique sur la berge pentue qu'encombrent des tonneaux et des piles de bois. Il tourne la tête. Ils sont en haut du talus, se découpant en sombre sur le bleu nuit du ciel. Un claquement ténu le jette au sol. Le carreau vrombit à un pied de sa tête. Ruser : il pousse un jappement rauque et bascule à l'eau la barrique qu'il a heurtée en plongeant. L'éclaboussure est convaincante. Il rampe dans un espace étroit entre bûches et foudres et ne bouge plus.

– Tu l'as eu !

– Il est tombé à l'eau.

– Allumez une torche.

– Pour se faire repérer par le guet ? Pas question.

– Je veux voir son cadavre, sinon pas d'écus.

– Par le Diable, répond une voix âpre, tu veux qu'on découvre deux cadavres, demain, à la tour de Nesle ?

Un silence hostile s'installe, suivi bientôt de quelques froissements : ils remontent la pente à peine descendue. Un peu d'attente et il reprendra sa quête. Avec un peu de chance, il retrouvera le traître blessé. Une bonne confession s'obtient aussi bien avec une bonne lame qu'avec une promesse de paradis. Sa main effleure sa ceinture : sa dague noire est toujours là...

Il gît dans une large flaque de sang qui fait briller le pavé. Ils l'ont achevé, mais mal. Son souffle siffle péniblement.

– Benoît...

Sa voix est douce. Il sait de tout son être que le garçon agonise et la colère ne le submerge plus...

– C'est toi, l'Écrivain ? J'ai mal... Ils t'ont manqué... Je suis content...

– Raconte...

– Je t'ai vu entrer à « L'Écu d'or », je les ai prévenus. Je devais t'amener là, c'est tout.

– Pourquoi ?

– Pour de l'or, beaucoup d'or...

– Ils ne te l'auraient jamais donné.

– Je sais. Surtout maintenant... Mais sur le moment j'étais comme ivre.

– Qui devait te donner l'or ?

– Les Coquillards...

L'impasse. Benoît a un hoquet. L'Écrivain s'écarte brusquement devant le jet de sang qui jaillit de la bouche du blessé. Poumons crevés, il est fichu.

– Ils vont me pourchasser s'ils me revoient, reprend sombrement l'Écrivain.

– Non, non ! Je leur ai dit que je te connaissais juste de vue. S'ils avaient su ton nom, ils n'auraient pas eu besoin de moi pour t'identifier, tu comprends... Ils ne t'ont jamais vu de jour... Mais... mais comment... comment tu as deviné ?

La voix est faible, misérable.

– J'ai habité là, dit l'Écrivain, nostalgique, en désignant la maison d'en face. Il y a longtemps. Quand je rentrais tard, je regardais le carré de ciel clair entre les deux maisons. On le voyait de là-bas.

Il désigne d'un geste un point imprécis, trois toises en arrière.

– Ce soir, sur le carré de ciel s'agitaient des hommes en armes.

Il devine dans l'ombre le mouvement ténu du garçon qui acquiesce. L'instant s'éternise puis, très faible, renaît la voix de Benoît :

– Tu me feras enterrer... Je veux plein de curés et de chants... Puis tu me vengeras...Tu le jures ?

Il va regretter l'assassin tire-laine et sa formidable rouerie. Il hésite à jurer, s'y résigne quand sa main, qui soutient la nuque du moribond, sent un spasme. C'est fini.

Au moins, il ne sera pas pendu. Mais on ne l'enterrera pas en grande pompe. La fosse commune, et tout sera dit. Le chat, la petite pute et le tire-laine fou... Sa vengeance sera... Il réfrène sa colère. Il n'aspire plus à la vengeance mais à quelque chose de plus puissant, d'universel... La Justice, peut-être...

Il n'a pas confiance dans celle du prévôt et nulle envie de jouer les bourreaux. Comment faire ? Les loups ! Il les fera s'entre-dévorer ! Un sourire sinue sur ses lèvres minces tandis qu'il redresse ses épaules arrondies par son bref accablement.

Il ne faut pas rester là. A grandes enjambées silencieuses, il s'éloigne du cadavre misérable. Des pensées fiévreuses tournent dans sa tête. Il lui faut, pour comprendre, se mettre dans la peau de Benoît. Voyons, l'autre matin le tire-laine, venu piller sa boutique, est stupéfait de le trouver vivant !

Rien d'étonnant, il l'a rencontré la veille au soir et, une heure après, l'homme qu'il a pris pour lui se faisait larder de coups de couteau sous ses yeux. Plus tard dans la journée il apprend, d'une façon ou d'une autre, que les probables clients des Coquillards, sans doute le chevalier au médaillon et peut-être le gros Faber, sont furieux car l'escogriffe noir qu'ils avaient fait occire est bien vivant et continue à les espionner. Benoît repense à l'Écrivain qui aime tant traîner la nuit. Voilà un espion tout à fait présentable, d'où l'idée toute simple de le vendre...

En tout cas, pour les commanditaires du meurtre, le sien, il est mort et bien mort. Comme ils ne l'ont jamais vu le jour, et que Benoît n'a pas révélé son identité, il ne risque rien. Et si Benoît avait menti ? A l'article de la mort, au risque d'être damné... Certainement pas ! Le « Pape de la nuit » n'a probablement rien à voir dans tout ça.

Il se rend compte que ses pas l'ont mené quai au Foin. Il se demande s'il ne se jette pas bêtement dans la gueule du loup et décide de filer. Trop tard, un groupe d'hommes l'encerclent. Des lames luisent dans l'ombre.

– On peut t'aider, compagnon ?

La voix est gouailleuse, vaguement menaçante.

Fataliste, il décide de tenter sa chance.

– Je cherche à dormir, répond-il avec un fort accent d'Italie. Dans le foin, juste une nuit...

Des ricanements sans conviction lui répondent.

– Tu es le bienvenu, camarade, si tu paies...

– Je n'ai pas beaucoup de sous et il paraît qu'il faut payer au Pape de la nuit, et seulement à lui. Je veux le voir...

– D'où tiens-tu ça ?

– On m'a bien mis en garde... à Milan.

Milan dans la lointaine Italie. Presque à l'autre bout du monde ! Qui parle du Pape de la nuit, là-bas ? Troublé, le comité d'accueil se concerte et décide :

– Suis-nous.

Il n'y a plus trace de gouaille dans le propos.

Ils longent le miroitement noir de l'eau et, au bout du quai, obliquent vers la ville. Il devine la masse d'un bâtiment, éprouve le sentiment fugace de le connaître, mais déjà ils s'enfoncent dans une venelle. Une silhouette se détache de l'ombre puis s'y renfonce : la sentinelle leur laisse le passage. Toc, toc-toc, toc, un code, manifestement, car la porte s'ouvre. C'est une taverne. Des artisans, des bourgeois discutent, boivent ou jouent aux dés, des clercs en robe et aussi des mendiants, dont certains sont réellement estropiés mais n'affichent plus l'air lamentable de leur état. Une pièce de bœuf embrochée grille dans l'âtre... En ces temps difficiles, elle coûterait à elle seule un mois de travail d'un compagnon.

On le pousse au fond de la salle. Dans la

pénombre il devine un homme attablé, étonnant par sa masse. Toutes les cinq secondes il plonge sa lame dans un plat pour en extraire des morceaux de viande qu'il avale goulûment. La quasi-obscurité ne semble pas gêner ce dîneur gigantesque. Debout, il doit mesurer presque une toise et pèse sûrement près de trois cents livres *.

– Qui c'est ?

Il a une voix de ténor ample et bien posée.

– Un passant qui traînait sur le quai et qui souhaite dormir dans le foin.

– Pourquoi me déranger pour ça ? Qu'il paie et il dormira, sinon rossez-le et jetez-le dehors.

– Il ne voulait payer qu'à toi, dit le jeune homme à la voix gouailleuse. C'est un étranger. Il dit qu'on lui a parlé de toi à Milan. Alors on te l'a amené.

– Il faut te payer toi et toi seul, ose l'Écrivain avec un fort accent. Pour éviter les erreurs judiciaires.

– Qu'est-ce que tu racontes ? grogne le géant qui continue de bâfrer.

– Des malandrins font payer la nuit aux voyageurs puis disparaissent. Un mien cousin s'est réveillé dans la Seine : tes hommes pensaient qu'il n'avait pas payé. Je souhaiterais éviter ce genre de désagrément...

Le géant avale de travers, tousse, éructe et crache dans le plat un morceau de viande à moitié mâché, puis il se lève brusquement tout en torchant ses doigts gras sur son pourpoint. Son visage se révèle. Ses yeux, d'une pâleur d'eau, clignent dans la faible lumière. L'Écrivain le regarde, bouche bée. Il voit trop tard son bras jaillir. Saisi à la gorge il est a demi soulevé au-dessus de la table qui les sépare.

– Ce que je dis est vrai, coasse-t-il à demi étranglé. Crains-tu la vérité ! Il y a des brebis galeuses dans ta bergerie.

Les mots ont porté. Le géant le lâche, se rassied, tend la main vers le plat et soudain éclate de rire. Un rire de crécelle qui donne la chair de poule et semble ne plus pouvoir s'éteindre. Toute la salle s'est tue, les buveurs se sont figés dans une attente inquiète. L'hilarité du géant s'arrête aussi vite qu'elle avait éclaté.

– Tu veux vraiment dormir ? gronde-t-il, alors donne tes quatre deniers... Et sache que personne, jamais, ne vole le Pape de la nuit.

On l'a installé dans une niche creusée dans le foin que soutiennent quelques planches. L'odeur entêtante du fourrage, la moiteur de ce trou où ils dorment à dix l'assomment. Mi-rêves, mi-souvenirs, il ressasse les événements. C'est vrai qu'il se trouvait à Milan en août dernier. C'est vrai qu'un voyageur venant de Paris lui a raconté son réveil dans la Seine. Dieu merci, l'eau est chaude en juillet... Le Pape se goinfrait de viande. Étrange qu'il jouisse d'un tel luxe. Les Bourguignons qui étranglent la ville taxent tout. La viande vaut son poids d'or ici ! Et les yeux étranges du géant. Des yeux comme ça voient très mal... sauf la nuit... d'où son surnom sans doute : le Pape de la nuit...

Une vieille technique : ne pas trop se couvrir de façon à être réveillé par le froid qui précède l'aube. Il quitte discrètement la tanière où toute une humanité ronfle, grogne et rêve. Paris bruit d'une vie assoupie tandis qu'il marche d'un pas vif vers la place Maubert et la porte Bordelle.

Quand il y parvient, l'aurore pointe son museau rose sous les traînées de nuit. Le tonnelier n'a pas encore ouvert son échoppe ; quant au serrurier il est déjà levé. Sa chandelle découpe en ombre chinoise sa silhouette sur sa fenêtre sans volet.

Il retrouve avec plaisir l'odeur d'encre de son échoppe, rallume le feu dans l'âtre, grignote un morceau de pain gris et enfin se dirige vers son écritoire. Il trempe sa longue plume dans l'encre rouge et, perplexe, suspend son geste. Benoît le Fou, Benoît Judas ne préviendra personne que l'escogriffe noir traîne toujours là où il ne devrait pas être et qu'il n'est autre que l'Écrivain de la porte Bordelle. La porte Bordelle. Tout a commencé là et le serrurier semblait nerveux ce matin. Il se trame quelque chose. Avec un sourire en coin, il commence à écrire : « Cette nuit, je suis mort pour la seconde fois... »

7

Piétinement

– Il est mort !

Le gros Faber s'éponge le front avec un grand mouchoir péniblement extrait du labyrinthe de sa robe.

– Est-ce bien lui ?

Le chevalier au médaillon le foudroie des yeux.

– Le fouinard qui s'intéressait trop à toi ? Oui, c'est bien lui. Il est tombé dans la Seine avec un carreau d'arbalète au travers du corps. En hiver, ça ne pardonne pas.

– J'aimerais voir le cadavre...

– Pour ça, frocard, il te faudra courir jusqu'à Poissy. Car la rivière est grosse et le flot rapide.

– Ne m'appelez pas frocard, glapit le clerc.

– Frocard de merde, renchérit l'autre, la bouche tordue en un rictus.

Un éclair de haine a brillé dans l'œil du sorbonnard. Mais la force brutale n'est pas son fort. Les comptes se régleront en leur temps... en bons écus sonnants et trébuchants.

– Mon bon ami, reprend-il avec un sourire de chattemite, le frocard de merde déplore votre grossièreté mais salue votre talent d'organisateur et...

– Trêve de bavardage, frocard, pourquoi me déranges-tu pour la deuxième fois en vingt-quatre heures ?

– Je souhaitais, monseigneur, vous faire part de mes dernières dispositions. C'est qu'il nous faut régler nos affaires très vite maintenant, je veux dire que la curiosité de ce fouinard, comme vous l'appelez, doit nous servir d'avertissement et...

Le chevalier se lève, furieux.

– Je suis là pour faire fortune et tu ne vas pas tuer la poule aux œufs d'or.

Il a empoigné le clerc qu'il menace de sa dague. Le gros homme déglutit mais parvient à sourire.

– Et que ferez-vous sans moi ?

– Je récupère l'or, ricane-t-il, et je me débrouille tout seul.

– Quel or ? Celui de la dernière opération ? Je ne l'ai pas encore reçu ! Mais rassurez-vous, vous aurez votre part...

Le chevalier enrage :

– Cet or tout de suite ou ta dernière heure est venue.

– Que nenni, mon bon ami, que nenni. Un de mes éminents collègues, dont vous me pardonnerez de taire le nom, possède ma confession écrite ainsi que les documents qui l'authentifient. En cas de mort violente, la mienne veux-je dire, il la ferait immédiatement parvenir à qui de droit.

Le chevalier a compris, trop bien. Péniblement il se calme et vitupère.

– Il n'y a que trop de gens dans cette affaire, et voilà. Un simple bout de parchemin confié à un clerc poltron peut faire pendre un docteur de Sorbonne et décapiter un chevalier du roi.

Une mort ignominieuse et une mort noble, pour faire sentir à ce robin qu'ils n'appartiennent pas à la même caste. Il s'en fout, le robin, qui répond benoîtement :

– Oh, ce clerc m'est fort dévoué. Le pauvre garçon est bougre et j'en ai la preuve. Il se fera égorger plutôt que de voir son giton grillé tout vif, avant de griller lui-même.

– Son quoi ?

– Peu importe. Revenons à l'argent. Nos commanditaires, voyez-vous, ne vous connaissent pas. C'est à moi qu'ils ont réglé leur dernier achat et c'est à moi qu'ils régleront le prochain, par lettre de change à mon nom, bien entendu. Suis-je toujours un frocard de merde ? triomphe le gros Faber.

Le regard de l'autre est meurtrier.

– Allons, mon ami. Remettez-vous. Votre talent, je vous l'ai dit, nous est indispensable. Nos amis sont prêts pour une ultime opération. Ce sera la dernière et, cela va sans dire, la plus rentable ; voici d'ailleurs la bourse qui vous permettra de traiter.

Le robin a sorti de son froc une bourse considérable dont s'empare le chevalier. Une lueur dans son regard amuse le robin.

– Voler cet argent serait stupide, monseigneur, votre part sur les opérations dépassera largement ces quelques centaines d'écus. Une bonne partie de votre or est déjà en sûreté avec le mien. Mon coffre du chapitre de Notre-Dame est inviolable.

Le soudard est blême. Même ses pouvoirs actuels auprès du prévôt du Châtelet, messire Alphonse d'Amaury, ne lui permettent pas de violer un bâtiment d'Église. Imperturbable, le gros Faber poursuit en ouvrant une pochette de cuir pendue à son épaule :

– Soyez sans inquiétude, monseigneur, j'ai là des comptes précis qui vous sont destinés et qui...

D'un geste, le soudard envoie voler les documents que lui tendait le clerc, puis se tourne et sort de la pièce d'un pas furieux. Pour la première fois de sa vie, il vient de découvrir que la force peut être mise en échec par le verbe.

Le robin, un sourire venimeux aux lèvres, ramasse les parchemins épars qu'il range dans sa pochette.

L'Écrivain referme l'écrit rouge, troublé : sa rédaction l'a longuement fait réfléchir et ses conclusions sont inquiétantes. L'escogriffe espion est mort pour ses ennemis, mais ont-ils tué un passant mystérieux ou bien l'écrivain public de la porte Bordelle devenu trop curieux ? Le sergent massif l'avait-il reconnu, la première nuit, aux Innocents ? Benoît le fou qui l'a vendu a-t-il réellement tu son identité ? Et le maquereau de la petite ? Il le connaissait. Ils l'ont sûrement interrogé avant de le pendre. Il existe donc une bonne chance pour qu'il ait été parfaitement identifié.

Et si leurs activités douteuses concernaient justement la porte Bordelle. Il se souvient de cette nuit d'insomnie où il a vu descendre la lanterne qui surplombe la poterne, sans doute pour masquer un trafic clandestin avec l'assiégeant. C'est peut-être pour cela qu'on tenait tant à son silence... définitif.

Avec la mort théorique de l'écrivain public, un témoin gênant a disparu. Les éventuels conspirateurs vont pouvoir reprendre leur trafic une prochaine nuit. La petite avait-elle vu s'ouvrir les portes de la ville ? Les tueurs à sa poursuite n'étaient-ils qu'une affabulation née de sa peur ? On l'a pourtant froidement assassinée.

En tout cas, un mort n'ouvre pas sa boutique. Nul ne doit savoir qu'il est là...

L'Écrivain guette.

Il guette de la tombée du jour au milieu de la matinée, dort le jour et reprend sa veille. Les longues heures passées derrière sa fenêtre lui ont fait découvrir la vie de la porte Bordelle. Ainsi, le tonnelier est doublement cocu. Dès qu'il est à l'ouvrage sa femme agrémente le repos diurne du boulanger tandis que sa gourgandine de fille, pourtant soigneusement recluse, reçoit l'apprenti tonnelier qui la rejoint par les toits... Un remarquable coupeur de bourses opère sur la placette : un chérubin blond d'une dizaine d'années qui a les mêmes yeux bleus et vifs que le vieux mendiant assis sur une borne de pierre. Leur dialogue par signes est aussi discret qu'efficace... L'octroi est nettement moins cher avec un des archers, ce qui n'est pas sans profit pour lui. Les initiés attendent en discutant qu'il prenne son service. Il s'ensuit des encombrements qui finiront par le trahir... Le quartier bruit comme une ruche, d'une vie parfois clandestine.

Il attend. Il ne sait pas exactement quoi, mais il est sûr que ça va se produire.

Trois jours déjà... S'il ne se passe rien cette nuit, il arrêtera ! Il s'est déjà dit ça hier, mais ce soir c'est vrai. Ses clients supportent de plus en plus mal sa porte close et, malgré tout, il tient à son gagne-pain. Épuisé d'insomnie, il commence à douter de son intuition. Cette nuit sera bien la dernière.

Enveloppé dans une couverture, il somnole sur sa chaise. Il est plus de minuit quand il s'éveille brusquement. La lanterne de la poterne descend comme l'autre nuit. A hauteur d'homme, elle éclaire la silhouette massive du sergent assassin. Une bouffée de haine agresse l'Écrivain. S'il avait une arme sous la main...

Il descend sans allumer. En bas, il plonge ses mains dans l'âtre éteint et se barbouille de cendres. Dans l'obscurité, on ne verra même pas la tache blême de son visage. Il enfile à tâtons des bottes assouplies par l'usage, hésite devant son bâton ferré mais lui préfère sa dague noire, plus discrète. Une casaque de cuir épais amortira un tant soit peu d'éventuels coups d'épée ou de dague... Il enfonce son vieux chapeau et sort sans bruit.

De sa fenêtre, il a repéré toutes les caches nocturnes de la place. Il glisse le long des façades, s'accroupit derrière la borne où, de jour, trône le mendiant aux yeux bleus. Il est à cinq toises de la porte, à portée de murmures.

Des pas furtifs derrière lui. Il se retourne comme un reptile prêt à frapper. Un groupe d'hommes arrivent, passent tout près de lui. Un éclair pâle révèle une lame triangulaire.

Reconnaissance, murmures, ils sont maintenant une douzaine devant la porte. Un cliquetis ténu et les vantaux s'écartent en grinçant légèrement. Une masse oblongue entre dans la ville, puis une autre. Il lui faut plusieurs secondes pour identifier des bœufs ! Ils avancent sans bruit. Leurs sabots doivent être entourés de paille ou de chiffons. Ils ne beuglent pas. Sans doute leur a-t-on fait boire quelque décoction d'herbes car l'Écrivain a l'impression qu'ils titubent en marchant.

Il compte les bêtes. Il en passe plus de cent avant que les portes ne se referment. Ainsi, des troupeaux clandestins rentrent dans la ville ! Cent bœufs au marché noir, cela représente des milliers d'écus. Leur piétinement est audible mais étrange. D'un coup, lui revient un souvenir : la nuit où la lanterne s'était éteinte une première fois, il avait entendu un tel piétinement et rêvassé de pluie d'orage. Il s'était retourné en songeant que c'était impossible, que la pluie ne faisait pas ce bruit-là et qu'il n'y avait pas d'orage en hiver...

Précédé par le sergent massif, encadré par les derniers arrivés, le troupeau défile devant lui. Deux hommes ferment la marche. L'Écrivain se levait quand un claquement léger le fige. Dans son dos, arrive une silhouette noire qui le heurte. Il ne bouge pas. L'homme s'éloigne en grommelant. A la voix, il reconnaît sans surprise son voisin le serrurier. Il attend qu'il ait regagné sa demeure pour se mettre en marche.

Le troupeau est déjà loin mais, dans le silence,

sa rumeur porte. Il a tôt fait de le rattraper. Des costauds à la démarche lourde piquent les bêtes d'une longue trique : des commis bouchers ! C'est un couteau d'écorcheur qui a brillé quand des arrivants ont failli le surprendre, tout à l'heure ! Les deux hommes qui ferment la marche détonnent. L'un est rond, essoufflé et en robe, l'autre, de taille moyenne et la démarche souple, a l'allure d'un guerrier. Ils parlent trop bas pour qu'il saisisse leurs propos. Il a beau écarquiller les yeux, il ne distingue que leurs silhouettes. Désespérément, il lève les yeux au ciel : pas une lueur, pas la moindre percée de la lune qui est cependant dans son deuxième quartier. Ces deux-là sont sûrement les organisateurs du trafic. Au jour il ne pourra jamais les reconnaître mais le gros pourrait bien être l'ignoble Faber. Il secoue la tête : cette idée, pourtant sans fondement, tourne opiniâtrement dans sa tête.

Au collège de Navarre, le troupeau oblique sur la droite. En arrière-garde, les deux hommes se sont arrêtés et se chamaillent à voix sourde. Ils empêchent l'Écrivain d'avancer et le troupeau s'éloigne. Le mince empoigne son interlocuteur et le secoue comme un prunier, si fort qu'il déchire sa robe, puis le repousse brutalement. Le gros tombe cul par-dessus tête en couinant tandis que l'autre s'éloigne à grandes enjambées sonores. L'Écrivain a entendu un tintement. Le supposé sorbonnard, qui se relève poussivement, a perdu un objet métallique. Tandis qu'il s'éloigne en claudiquant, l'Écrivain extrait de sa poche un bout de chandelle. Il hésite puis bat le briquet. Un trousseau de deux clés. Il l'empoche, souffle sa bougie, puis se met à courir sans bruit à la poursuite du troupeau.

D'un recoin obscur se dégage une maigre silhouette qui s'éloigne en silence.

Le gros a disparu. Le mince et les bêtes aussi. L'Écrivain palpe les clés dans sa poche. Si ce ne sont pas celles du sorbonnard, il aura perdu pour rien la piste du troupeau. A-t-il tourné à droite ? Il suit cette direction : une allée en cul-de-sac. Il fait demi-tour quand son pied s'enfonce dans une matière molle tandis que l'agresse une fragrance de bouse si forte qu'elle évoque pour lui une signature à l'encre fraîche : la bête à cornes vient de passer ! Alors il avance au fond de l'allée, tâtonne devant lui et reconnaît un large portail de bois. Le troupeau est entré là... Il sourit dans l'ombre : des bœufs à l'université, est-ce une nouveauté ?

Il a déjà pris le chemin du retour quand une idée le frappe. A deux heures du matin, sans clés le gros clerc – si c'est bien lui – ne pourra rentrer au collège de Navarre. Il ira demander l'hospitalité à un quelconque chanoine. La voie est libre cette nuit et demain on risque d'avoir changé les serrures.

Elles n'ouvrent pas la grande porte qu'il découvre à tâtons. Il a un instant de découragement puis il se souvient de la petite poterne qui, elle, s'ouvre sans difficulté. Ainsi, le gros Faber est mêlé à un trafic de viande ! Et il connaissait la petite jambe de bronze que cachait la gamine...

L'Écrivain est dans la place mais quelle porte ouvre l'autre clé ? Indécis, il s'assied sur un banc de pierre, hume un air oublié, laisse monter sa nostalgie et se calme. Il regarde autour de lui. Où loge le chancelier ? Ce doit être dans le bâtiment le plus confortable. Il y entre, monte souplement l'escalier, s'avance sans hésiter vers une porte, comme si ses jambes se souvenaient, elles, de l'itinéraire.

La pièce est tiède, les braises de l'âtre accueillantes. Il a au moins trois heures devant lui. Personne ne s'étonnera que maître Faber étudie dans la nuit, alors il allume les chandelles de la pièce et entreprend une fouille minutieuse. Une armoire de fer l'attire. Elle est verrouillée et les serrures sont trop complexes pour qu'il songe, ne serait-ce qu'un instant, à les forcer. Il hausse les épaules. Il trouvera sûrement quelque chose ailleurs.

L'aube va poindre et il a fait chou blanc. Énervé, il pousse violemment un in-folio posé sur un lutrin massif. Sous son geste le plateau glisse. A peine, mais ça ne lui a pas échappé. Il est pourtant fort épais, ce plateau, et relié au meuble par deux charnières qui en font un pupitre. Il écarte fébrilement le livre, palpe la surface lisse. Un nœud du bois forme une protubérance qu'il presse. La tenant appuyée, l'Écrivain pousse. Une ouverture de la largeur d'une main apparaît. Il en extrait une pochette de cuir contenant une liasse de parchemins couverts de chiffres. Sûrement une comptabilité clandestine, pour être ainsi cachée. Un bruit dans la cour le fait sursauter. Les hommes de corvée s'éveillent. Vivement, il enfourne les documents dans sa casaque, referme la cache et repose l'in-folio. A peine sorti de la chambre, il croise un maigrichon à l'air faux qui, en le voyant, pousse un cri et s'enfuit.

Machinalement, il passe sa main sur son visage et la ramène noire de suie. Son maquillage nocturne a terrifié Gaspard, le valet de Faber, une fripouille à l'image de son maître, dont il vient de se souvenir. Il se hâte vers la petite porte. Dans la rue, les premières lumières apparaissent aux fenêtres. A la fontaine Sainte-Geneviève, il s'asperge le visage, s'essuie vaguement avec sa manche et, ragaillardi, reprend son chemin. Porte Bordelle, ce n'est plus vraiment la nuit mais pas encore le jour. Tout est paisible.

Le feu ronfle sous une petite marmite. Il avale une écuelle de soupe, soupire de satisfaction puis, malgré sa fatigue, il s'installe à son écritoire et plonge sa grande plume d'oie dans l'encre rouge. Le jour est largement levé quand il la pose et range son manuscrit. Il a parcouru les papiers de maître Faber sans rien en tirer. Il lui faudra les étudier plus attentivement. Pour l'instant, sa nuit sans sommeil pèse sur ses nerfs. Il lui sera impossible de dormir, alors il décide de sortir.

Dehors l'air sent le printemps. En partant, il croise un angelot aux yeux bleus qui le maquignonne sans vergogne. Il lui mime une bourse qu'on vole, fait un geste de dénégation gentiment grondeur. Le gamin répond par un grand sourire. Sur sa borne, le mendiant aux yeux bleus n'a rien perdu de la scène.

8

Soupçons

Un homme mince avec un visage creusé dont les yeux vifs guettent en permanence alentour. Son pourpoint rouge passé est passablement élimé et ses chausses grises font des poches aux genoux. Pas d'arme sur lui, du moins pas apparente. Le jeune sergent inspecte avec le zèle méfiant du néophyte ce visiteur ni riche ni noble qui prétend rencontrer sans rendez-vous le représentant du connétable d'Armagnac, celui que tous surnomment le « Sénéchal » et que même le prévôt craint ! Il observe les mains longues, les doigts délicats du quémandeur : un copiste, un de ces prétentieux qui savent lire et écrire ! Décidé à l'écraser sous son autorité toute nouvelle, il se redresse et tonne :

– On ne voit pas sa seigneurie sans rendez-vous ni sauf-conduit à son sceau.

– Oh, mais si on le voit ! répond l'autre à voix douce, et si on est de garde, on me laisse passer de peur d'être fouetté au sang.

– De quoi ? hurle la future ganache en portant la main à son épée.

– Appelle ton chef, siffle l'autre, et vite.

Décontenancé, le jeune sergent entre précipitamment au poste de garde. Il en ressort bientôt avec un collègue grisonnant, pansu et couperosé : un teigneux, celui-là, qui ne se laissera pas faire.

– Messire, je suis bien aise de vous voir, dit l'arrivant d'une voix cajoleuse, et après un coup d'œil venimeux à son jeune collègue, il poursuit : Je vous annonce à sa seigneurie. Si vous voulez me suivre.

L'homme au pourpoint pourpre passe sans un regard. Le jeune argousin le voit s'éloigner avec ses illusions.

– Que me veut encore le Pape ? demande le chevalier au médaillon. Il n'aura plus ni passe-droit ni avantage. Je suis las de ses folies ! Que cela soit clair !

– Il ne s'agit point de cela, messire, répond l'homme en rouge, mais d'un événement curieux qu'il tient à vous faire connaître.

– Je t'écoute.

L'homme en rouge hésite.

– Eh bien... La nuit dernière, rue Sainte-Geneviève, deux passants se sont querellés. Il devait être deux heures après minuit....

– Les a-t-on reconnus ?

La voix est agacée.

– Non. Tout ce qu'on peut dire c'est qu'il s'agissait d'un seigneur fort vif et d'un gros clerc en robe..

– Et alors ?

– Le seigneur a empoigné l'autre par son froc et l'a secoué si vigoureusement que ledit froc s'est déchiré et les clés du clerc sont tombées sur le pavé.

– Poursuis ! ordonne hargneusement le chevalier en triturant sa dague.

– Eh bien, un homme qui les suivait a empoché lesdites clés.

– Un homme les suivait ! grommelle-t-il.

Il poursuit à voix haute :

– Et comment les a-t-il trouvées dans la nuit noire ?

– Le plus simplement du monde, monseigneur. Il a allumé une chandelle pour y voir.

– Comment était cet homme ?

– Un grand homme maigre vêtu de noir avec un chapeau enfoncé jusqu'aux yeux. Il n'avait même pas d'arme...

– L'a-t-on identifié ?

– Non. Il avait le visage aussi noir que son habit et il a éteint sa chandelle très vite...

Le Sénéchal s'est renversé sur sa cathèdre. Il réfléchit, les yeux mi-clos.

– Et ensuite ?

– Dès que le robin, furieux de ne pouvoir rentrer chez lui, a tourné le dos, l'espion est entré au collège de Navarre. Là, impossible de le suivre, il avait verrouillé derrière lui.

– Il est ressorti quand ?

– Au bout d'une grande heure il était toujours dedans. Mon homme n'a pas pu attendre plus longtemps.

Le Sénéchal s'est levé. Comprenant qu'on lui donne congé, l'homme au pourpoint rouge se lève lui aussi.

– N'oubliez pas mes petits services, monseigneur, dit-il.

Avec un grognement, l'homme au médaillon prend une pièce d'argent dans sa bourse et la lui tend.

– Monseigneur, voyons !

Excédé, il tend un nouvel écu.

– La grand merci, seigneur Sénéchal, ronronne l'homme rouge avec un grand salut avant de tourner les talons.

Resté seul, le Sénéchal reprend sa méditation. Le gros clerc le fait chanter ; qui plus est on l'espionne et on vient tranquillement le lui dire et, pour couronner le tout, l'escogriffe, qu'il a déjà fait tuer deux fois, réapparaît tranquillement ! Noir comme un corbeau le personnage, ou comme un docteur de l'université. Un ennemi du gros Faber ? Un de ses chers collègues ? Décidément il faudrait brûler le nid de serpents qu'est la Sorbonne. Mais voilà, ces robins ont de l'influence et de l'argent...

Il est d'une humeur exécrable, le robin. Au cours de ses pérégrinations nocturnes, son complice l'a rossé, a gâté son habit et, pour finir, il s'est trouvé enfermé dehors. Il est donc allé quérir l'hospitalité d'un collègue. A sa porte, il a tambouriné, sifflé et crié en vain. Le quartier entier était réveillé mais la maison restait close. On l'a traité de tous les noms et une matrone enragée a vidé son pot de chambre sur lui. Elle a manqué sa calvitie mais inondé son épaule. Enfin, l'hôte espéré a pointé son nez à la fenêtre.

Alarmé par l'air lamentable du visiteur, il lui a offert son propre lit non sans avoir garni l'âtre de sa chambre de ses plus grosses bûches. Le lit était dur et le gros homme a cauchemardé à cause du feu d'enfer maintenu toute la nuit. Il s'est réveillé migraineux, a dû enfiler une robe sèche mais puante. Il est parti sans un merci au milieu de la matinée, méditant des comptes vengeurs pour gruger son abominable complice.

Il traverse le collège de Navarre d'un pas si résolu que les escaliers s'écartent précipitamment sur son passage. Devant sa porte, il se souvient qu'il a perdu sa clé. A tout hasard il soulève le loquet, elle s'ouvre. Une odeur de cendres froides l'assaille. Son imbécile de valet n'a pas entretenu le feu. Il décroche une cravache du mur, bien décidé à le corriger, mais suspend son geste : et si on avait utilisé ses clés ? Tout semble en ordre... Soudain son cœur s'arrête : l'in-folio sur son pupitre. Il se souvient parfaitement de l'avoir posé dans l'autre sens ! Il repousse le livre, ouvre la cachette. La pochette de cuir est bien là. Il soupire, soulagé, puis, par acquit de conscience, l'ouvre. Vide ! Il se précipite dehors en vociférant des malédictions, arrache son domestique grelottant de peur de son minuscule galetas, brandit sa cravache d'un air terrible.

– Le Diable, bafouille Gaspard. Il était tout noir avec des yeux de feu qui vous perçaient l'âme. Il sortait de votre chambre, comme une tornade ! Grâce à Dieu, il ne m'a pas vu mais le souffle de son passage m'a jeté contre le mur.

– Imbécile ! Au lieu de blasphémer, décris-moi cet homme, son visage, son allure, tout... Je t'écoute, et gare à ma colère !

Le valet raconte que le quidam était de noir vêtu, qu'il avait un chapeau enfoncé jusqu'aux yeux et n'avait pas de visage. Comme la cravache le menace, il explique très vite qu'il s'était sans doute passé la figure à la suie car on ne voyait pas ses traits. C'était à peine l'aurore, il n'avait rien vu de plus.

Le gros Faber n'en tire rien de plus malgré ses coups de cravache. Il ne s'arrête qu'à bout de souffle. Le feu rallumé, le domestique congédié, il se laisse tomber sur un siège pour méditer et, subrepticement la peur remonte en lui : indestructible, l'escogriffe noir le poursuit toujours. Il n'ose nommer le personnage mais son identité diabolique s'affirme. Sa damnation s'impose à lui comme une terrible certitude. Ses vilenies passées n'étaient que vétilles comparées à certain événement récent. Une bouffée de plaisir trouble mêlée d'horreur le submerge. Le cœur affolé et l'esprit en tempête, il se lève d'un bond et se précipite vers la porte. Il s'arrête net : elle vient de s'ouvrir sur le chevalier au médaillon.

– Que vous a pris ce voleur en noir ?

– Quel voleur ? parvient à balbutier le gros homme.

– Messire Faber, votre valet a tout raconté à mon garde du corps. Vous savez, Simon Piedvache qui vous a jeté en geôle ! Que ne vous a-t-il pas rossé pour vous apprendre à mentir comme un chanoine !

Son ton douceâtre évoque le calme avant la tempête, mais que répondre ? Que le Diable a volé sa comptabilité secrète ? Le Diable ! Pourquoi pas...

– Voyez vous-même, monseigneur, il n'y a ici ni désordre ni objet brisé... Et cela m'inquiète ! Ce visiteur était bien plus qu'un simple voleur.

Le chevalier s'avance, une lueur dangereuse dans l'œil.

– Oh, il ne s'agit pas d'un espion, reprend précipitamment le gros Faber. C'est plus grave que cela. Un personnage noir de vêtements et de visage, qui ne circule que la nuit...

– Le Diantre *, ricane le chevalier, n'allume pas une chandelle pour ramasser des clés.

– Que savez-vous du Diable ! Voulez-vous être grillé séant ? hurle soudain le clerc en se dressant d'un bond.

Puis il tombe à genoux en faisant force signes de croix.

– A genoux. Priez !

Les yeux ronds, le chevalier regarde son complice agenouillé dont le visage a pris une pâleur spectrale. Troublé, il obéit. Dès que son cœur violenté par l'effort brusque retrouve un rythme régulier, le clerc relève la tête.

– Partez, murmure-t-il, tant qu'il est encore temps. Je vais faire oraison pour éloigner le mal, et il replonge dans ses patenôtres.

Le soudard s'en va sans demander son reste. Alors le pénitent se relève, lentement, et se laisse choir sur sa cathèdre. Son cœur cogne toujours ; de la mauvaise sueur poisse son front et pourtant il a froid. La peur du Diable l'étreint. Il a trop étudié de cas de possession et de procès de sorcier pour ne pas le craindre. On ne joue pas impunément avec le feu de l'enfer !

Sitôt dans la lumière rassurante de la rue, le chevalier au médaillon est repris par sa rage. Ce bigot l'a joué. Il arrive pour l'étriller et se retrouve agenouillé comme un galopin grondé. Il va estropier cette canaille en robe. Il se retourne d'un bloc. Comme déclenché par son premier pas sous le porche sombre, éclate le bourdon d'une cloche proche. Le glas sonne pour lui ! Il s'enfuit, une peur ineffable au ventre.

L'Écrivain regarde avec curiosité cet homme qui court comme un dératé. Il a véritablement jailli du porche du collège de Navarre. Il est mince, richement vêtu, porte l'épée. Son allure lui semble vaguement familière... Le complice du gros Faber ! Trop tard, il a disparu. L'Écrivain hausse les épaules, continue sa route une trentaine de toises, retrouve l'impasse fermée par un portail de bois. Étrange de nuit, elle lui est au jour parfaitement familière. Il sait même ce qui se trouve derrière le portail. N'a-t-il pas étudié de longues années derrière ces murs ? Il chasse ce passé importun pour se concentrer sur un problème insoluble : il est impossible d'accueillir cent bœufs dans le petit jardin du collège ou les bâtiments qui l'entourent, pourtant il ne s'est pas trompé d'impasse car la bouse de vache est bien là, avec l'empreinte de sa chaussure.

9

Étuves

– Qu'est-ce que vous voulez ?

Le concierge l'observe de ses yeux de rat par l'entrebâillement du portail.

– Service du premier échevin, répond l'Écrivain d'un ton rogue en brandissant un morceau de parchemin qui traînait dans sa poche. Contrôle des jardins vivriers, en prévision du siège de la ville !

Le concierge ne sait pas lire mais il n'ignore pas que seuls les huissiers et les agents du fisc brandissent ainsi leurs documents.

– I-il faut prévenir mm-messire le chancelier !

– Il te fera fouetter pour m'avoir ouvert, susurre l'Écrivain qui se souvient des pratiques de l'ignoble Faber, laisse-moi faire mon travail et tout ira bien.

L'objection tombe si juste que le concierge ne s'étonne ni que cet agent du fisc ne soit pas accompagné comme de coutume d'un homme du guet, ni qu'il connaisse les mauvaises manières du chancelier. Profitant de son trouble, l'Écrivain le pousse doucement et entre dans la cour.

Deux arpents, des arbres dénudés, des écuries de dimensions modestes... Il inspecte le sol, n'y trouve ni bouses fraîches ni empreintes fourchues de bovins. On a dû balayer les traces des bêtes : il découvre effectivement des traînées sur la terre battue. En les suivant, il tourne un angle. Le corps principal du collège est devant lui. Il lui dédie un regard distrait. La piste mène au bâtiment délabré où l'on parquait jadis les chars et tombereaux. La porte en est fermée. Personne alentour, il contourne tranquillement la bâtisse. Un espace d'une toise le sépare du mur extérieur. Un frêne maigre grimpe le long de la façade arrière ornée d'un œil-de-bœuf. L'Écrivain jette un coup d'œil autour de lui. Le bâtiment le cache ; en grimpant à l'arbre, il pourra voir à l'intérieur. Il est presque à la hauteur de l'ouverture quand lui parvient la rumeur d'un groupe d'hommes que domine le bégaiement du concierge :

– Mm-messire chancelier, iiii-il avait un parchemin. I-il me l'a montré ! I-il venait de la part de messieurs les échevins pou-pou-pour recenser les jardins à cause du siège ! J'ai-j'ai voulu vous prévenir, messire, m-m-mais votre valet m'a interdit vo-vo-votre porte... Et puis j'ai eu peur, mmm-messire, c'est un homme tout noir, a-a-avec des yeux tout noirs !

– Et la peau noire, ricane le gros Faber.

– Non, très blanche... cococo-comme de la neige.

– Fouillez et trouvez-le, et ne le laissez pas échapper.

Agrippé à son arbre à deux toises du sol, l'Écrivain n'en mène pas large. Dès que les gens du collège tourneront le coin, ils le verront. Seule voie de fuite : le mur extérieur, derrière lui, en contrebas.

Son équipée nocturne n'est sûrement pas passée inaperçue. Si on le prend, le gros Faber le livrera à son complice pour qu'il parle, et ensuite... Il y va de sa vie, alors il saute. Il prend pied sur le mur mais, emporté par son élan, bascule de l'autre côté. Il rebondit sur un tas de bûches et se retrouve assis sur un tas de fumier. Il a mal partout mais tout fonctionne. Il regarde autour de lui. Une cour banale agrémentée d'une vigoureuse odeur de merde. Elle vient d'une petite cahute dont la porte s'ouvre sur un quidam qui renoue les aiguillettes * de ses chausses *. L'homme le regarde d'un œil rond.

– C'est pas trop tôt, grogne l'Écrivain pour donner le change.

Ulcéré de l'apostrophe, l'homme détourne ostensiblement le regard de ce dégoûtant qui n'hésite pas à s'asseoir dans le fumier.

Derrière le mur on entend des voix. Et si un malin regardait par-dessus ! Il ne faut pas moisir ici. Il prend tranquillement la porte empruntée par le chieur contrarié et se retrouve dans une salle d'auberge. Elle est pleine, ce qui, à midi, n'a rien d'étonnant et il peut sortir sans se faire remarquer. Un coup d'œil à l'enseigne : un renard matois tient dans sa gueule une poularde grosse comme lui. « Le Renard gourmet », il connaît l'établissement qui vit tard la nuit. Un sourire sinue dans son visage étroit : il ne tardera pas à y revenir.

L'Écrivain n'apprécie que modérément son odeur de fumier. Il n'est pas le seul : les passants reniflent d'un air réprobateur en le croisant. Il lui faut se laver et nettoyer ses vêtements. Il compte les sous de sa bourse et grimace : cette enquête le ruine. Il hausse les épaules et, d'un pas rapide, descend vers la Seine. Il y trouvera plus facilement qu'ailleurs un établissement de bains. C'est qu'il faut de l'eau et du bois pour les étuves, et le bois arrive par chalands.

L'établissement jouxte le Petit-Pont. Il est discret et respire la propreté. L'Écrivain entre sans hésiter. Qu'il pue à lui seul comme toute une écurie n'inquiète personne ici, mais cela n'améliore pas son fumet et la belle rousse qui s'avance vers lui fronce le nez. Il lui sourit.

– Gente demoiselle, lui dit-il, je ne me vautre point habituellement dans le purin du caniveau, mais un cheval emballé m'y a contraint. Plutôt la brenne * que la mort !

Elle rit de la gaillardise tandis qu'il poursuit :

– Peut-on laver et sécher mes affiquets * tandis que je jouirai des béatitudes de cet établissement ?

Elle opine avec un sourire en coin et le conduit à une alcôve de drap dont elle tire le rideau. Il en sort nu comme un ver tenant au bout des doigts le tas fétide de ses vêtements. Une matrone s'en empare sans dégoût apparent. Elle a dû en voir d'autres... La rousse qui l'attendait lui jette un regard admiratif auquel il répond par une moue ironique et tous deux rient. Il songe que les étuves sont pleines de belles filles expertes en l'art de vider les bourses des clients. Celle-ci est accorte...

... Et celui-là plaisant avec ses yeux de braise sous son grand front et sa fausse maigreur formée de muscles longs modelés par sa peau mate. A tant faire que de putasser aux étuves, autant que ce soit avec un beau gars et, s'il n'est point trop jeune, c'est encore mieux car les hommes mûrs sont plus délicats que les gamins... La fille lui noue un linge blanc à la taille et le prend par la main. Amusé, il se laisse mener.

Elle l'a conduit dans une salle voûtée où fument de grandes cuves rondes d'eau chaude.

– Messire désire-t-il que je le frotte comme l'étalon de monseigneur le duc ?

Il n'est pas absolument certain du sens qu'elle

donne à la comparaison mais acquiesce d'un sourire. Alors elle retire la serviette qu'il porte nouée en pagne et la plie soigneusement puis elle l'engage à entrer dans l'énorme baignoire tandis qu'elle dégrafe sa ceinture et passe vivement sa légère robe par-dessus sa tête... Les yeux verts et le sourire de la rousse plaisent à l'Écrivain. Son corps dru, son pubis roux et ses seins ronds le confirment dans son bon goût. Elle l'a déjà rejoint dans l'eau et le savonne avant de l'étriller d'importance. Indifférent au couple qui batifole dans la cuve voisine, il ferme les yeux et se laisse aller. Quand elle frotte sa calvitie naissante, il ouvre les yeux. A deux doigts de son nez, la poitrine de la fille tangue doucement. Déjà que ses mains l'ont frôlé perfidement en ses points vulnérables ! Ce charmant spectacle déclenche une réaction quelque peu osée de sa part. La fille rit, lui plonge la tête sous l'eau pour le rincer, et prestement sort du bain. Son voisin de cuve en profite pour lui jeter un coup d'œil salace que naturellement elle joue à ignorer. Puis elle le regarde, lui. Son air penaud la fait sourire.

– Maintenant que vous voilà tout propre, messire, vous plairait-il d'aller dans la cuve bien chaude que cache ce rideau afin de vous y détendre...

La tension des derniers jours ne mérite-t-elle pas quelque compensation, et puis cette fille est fort adroite... Conscient de son hypocrisie, il grimace en coin. La fille sourit et tend comme un écran le linge blanc qu'elle a déplié. Il est vrai que nul témoin ne pourrait ignorer les effets toniques de ses attouchements. Quant à lui, sa crise de pudeur passée, il se retrouve dans l'intimité précaire de l'alcôve de rideaux où la rousse l'a tôt rejoint. Quand il veut la prendre dans ses bras, elle l'arrête :

– Laissez-vous faire, messire...

Il ne bouge plus et elle entreprend une lente torture d'effleurements de chair douce et de doigts caressants. Il est sur le point d'exploser quand le rideau se tire et une servante rougeaude verse un seau d'eau bouillante dans la cuve au plus loin du couple. Surpris par la hausse soudaine de la chaleur de l'eau, l'Écrivain s'est levé.

– Sainte Vierge, quel Jésus ! s'écrie la servante brusquement affrontée à son sexe glorieux, puis elle s'en va émerveillée.

Sans doute excitée par cette admiration spontanée, la rousse gobe l'objet d'une bouche douce et, tandis qu'elle le tète gentiment, entreprend un double va-et-vient de ses mains agiles, la gauche pour lui, la droite pour elle. Pris de court, l'Écrivain ne peut se retenir et, cuisses flageolantes, il jouit debout tandis que la fille s'écarte vivement de la rafale blême.

Il est retombé assis ; la fille haletante s'appuie contre son épaule en souriant.

– Salaud, dit-elle, ça n'était pas prévu...

– Tu as joui aussi, rigole-t-il.

– Je ne te le dirai pas...

Ils restent un moment enlacés puis elle parle, l'interroge sur son métier...

– Et toi, ta vie ? lui demande-t-il. Tu as ici bon ouvrage et bons gages qui te paieront le plus beau trousseau du monde pour épouser ton amoureux... Quel âge as-tu ?

– Dix-neuf ans et dans deux ans, tu l'as dit, je me marie... Si Dieu me prête vie, conclut-elle, le visage assombri.

– Tu ne risques rien, déclare-t-il, rassurant.

– Vous ne savez pas ! Depuis deux ans que je suis là, trois filles ont disparu dans le quartier. On n'a pas su ce qu'elles étaient devenues. Deux d'entre elles avaient parlé d'or, de beaucoup d'or. Beaucoup plus que pour une simple passe. Mais la troisième était comme moi : elle ne couchait pas. Alors j'ai peur...

– Quelque houlier malveillant, voilà tout... la rassure-t-il. Une fille aussi... sérieuse que toi ne risque rien.

Elle le regarde, hausse les épaules et, sans rien dire, sort du bain, enfile vivement sa robe sur sa peau mouillée... Quand il sort à son tour, elle le sèche en des gestes précis d'où toute émotion a disparu. Son récit l'a assombrie et leur complicité a fui...

L'Écrit rouge

Plus tard dans la rue, propre comme un sou neuf, il repense à elle avec amusement mais aussi un peu d'amertume : il n'a pas même songé à lui demander son nom.

10

Carrière

Ils ne l'ont pas trouvé ! Depuis des heures, le gros Faber ressasse sa déconvenue. Il éponge son crâne chauve d'un large mouchoir de lin blanc. Tout à l'heure il a regardé machinalement par sa fenêtre. L'escogriffe noir se promenait dans le jardin. Une fois de plus, son cœur s'est affolé. Il a dû s'asseoir. Quand il a regardé de nouveau, il avait disparu. Pour exorciser sa peur il est descendu. L'air chafouin du concierge l'a alerté. Point de diable mais un visiteur indiscret. Alors il a rameuté ses gens... Et ils ont fait chou blanc ! Il voudrait les battre tous. Surtout le concierge qui, sous les foudres de sa colère, s'est exclamé :

– Dede-derrière le bâtiment ! Uuu-une masse noire qui volait puis pluplu-plus rien...

« Une masse noire qui volait puis plus rien »... Avec le crépuscule d'hiver, ces propos prennent un terrible relief et le cœur du gros Faber en profite pour s'affoler. Il a beau se répéter qu'il a affaire à un mauvais plaisant, au pire à la machination d'un quelconque ennemi – malheureusement il n'en manque pas –, la peur de l'au-delà le hante. Il n'a pas pu toucher à son repas et la convoitise du misérable Gaspard l'a à ce point irrité qu'il a jeté son écuelle de légumes dans le feu. Il le regrette parce que la nourriture coûte cher en ces temps de misère. Il n'a bu que le vin qui lui est monté à la tête et maintenant lui travaille le ventre. Il regarde la nuit tomber comme si la mort du jour était sa propre mort.

Revenu discrètement chez lui, l'Écrivain avale une soupe et se met au lit. Il y a longtemps qu'il a appris, par précaution, à dormir n'importe où et à se réveiller à n'importe quelle heure. Il se relèvera à minuit...

L'auberge est encore éclairée malgré l'heure tardive. Il y boit un vin chaud, le paie et nonchalamment se dirige vers la cour. L'aubergiste le regarde. Alors il jargonne en italien et, devant l'incompréhension de l'autre, mime l'attitude éternelle du pisseur debout.

Il n'y a pas de lune mais la lueur des étoiles permet d'y voir un peu. Voici le tas de bois et l'échelle de la grange qu'il avait remarquée. Il s'en sert pour gravir le mur, s'assied sur son faîte, tire l'échelle à lui et la pose en passerelle entre le mur et un certain bâtiment qui, malgré sa taille médiocre, est censé cacher sans difficulté une centaine de bœufs. L'échelle calée, il franchit le vide. Passant une jambe à l'intérieur de la bâtisse, il s'installe à califourchon sur l'ouverture, déroule la corde qui entourait sa taille et y attache une longue bûche. Plaquée en travers de l'œil-de-bœuf par la traction sur la corde, elle retient sans difficulté son poids.

Les pieds en appui contre le mur, il a tôt fait de descendre. A terre, il s'écarte d'un pas pour avoir l'espace de bouger, et le sol se dérobe sous lui. La corde glisse le long de son épaule. Par un réflexe désespéré il l'empoigne et, surmontant la brûlure du frottement, parvient à se freiner. Un bref vertige l'étreint, puis il tente de remonter mais ses mains le font cruellement souffrir. Alors il prend le temps de réfléchir. D'abord il lui faut voir où il est et, pour cela, il doit allumer sa chandelle. Il attache péniblement la corde à sa taille, extrait un bout de chandelle de ses chausses et allume son briquet à étoupe.

Il est... nulle part ! Un courant d'air souffle sa flamme, patiemment il la rallume, la protège de sa main en conque. Il pend dans le vide. Au-dessus de sa tête, une voûte de pierres brutes est percée d'un trou où se perd sa corde. Sur sa gauche, une rampe étroite descend dans une étrange caverne dont il ne voit pas le fond. Une carrière souterraine ! Paris en est truffé. Les pierres du rempart de Philippe Auguste bâti deux siècles plus tôt en proviennent, et certaines sont toujours en exploitation. Il paraît qu'elles communiquent par un labyrinthe de galeries où l'on peut se perdre. Accroché comme une araignée à son fil, il a un instant de panique... On pourrait cacher mille bestiaux dans ces catacombes, mais la viande ne se conserve pas longtemps et l'on ne peut pas mettre en vente trop de carcasses à la fois... Il faut donc abattre les bêtes une à une... Conserver les autres nécessite des étables... qu'il est facile d'installer dans de telles cavernes... Une provision de fourrage et tout est réglé. Le quai au Foin ! Dans l'antre du Pape de la nuit, rôtissait une pièce de bœuf...

En attendant, la corde lui scie le dos et ses paumes sont à vif. Il ne peut rester là indéfiniment. Ou il remonte le long de son fil ou il essaie d'atteindre la rampe de descente, deux toises devant lui. Il se détache, s'agrippe des deux mains malgré la douleur et, la chandelle serrée contre la corde au risque de la brûler, lance en cadence ses jambes jointes. L'arc pendulaire s'amplifie et le brassage d'air souffle sa chandelle. Il devra sauter dans le noir ! Il hésite puis accélère son balancement. Quand il touche la paroi verticale il lâche la corde. L'impact immédiat le surprend. Il perd l'équilibre, roule sur lui-même. Le sol s'éboule puis se stabilise. Bougeant à peine, il tâtonne autour de lui. La pente est trop forte pour être celle de la rampe. Alors, en gestes circonspects, il bat son briquet et ses cheveux se dressent sur sa tête. Il est accroupi en équilibre sur l'épaulement instable de ladite rampe, face au vide qui se perd dans le noir. Une reptation lente le ramène sur le chemin. Il s'y s'assied, le cœur battant. Bientôt il se reprend et décide de soigner ses mains ; faute de mieux, il les lèche soigneusement en réfléchissant : va-t-il revenir en arrière ? Remonter la rampe est aisé mais, pour se hisser du sol de l'entrepôt à l'œil-de-bœuf, la corde est la seule voie d'accès. Même si son traitement primitif a un peu calmé l'incendie de ses plaies, il se refuse à grimper avec ses paumes arrachées. Il préfère explorer les galeries. Les bêtes ont dû laisser des traces et, avec ses deux chandelles, il tiendra plus d'une heure, cela suffit largement...

Il marche depuis très longtemps. Il est perdu. Pour l'épargner il a éteint son ultime bout de chandelle et, dans le noir, son front a heurté brutalement le plafond d'une galerie basse. Il a senti du sang couler sur sa figure. Sa douleur vive s'est assourdie puis calmée. Il avance lentement, les bras en avant, regrettant amèrement de n'avoir pas de bâton pour contrôler l'espace devant lui. Il s'arrête souvent, tend l'oreille en vain. L'obscurité est la même, qu'il ouvre ou ferme les yeux. La panique l'a submergé un instant et il a hurlé ! Les échos dantesques de ses cris sont restés sans réponse. Désespéré, il s'est laissé glisser contre une paroi. Il a perdu la notion du temps et le froid l'a envahi, un froid de tombeau qui monte de la terre. Il s'est réveillé, claquant des dents. Alors il est reparti... Il s'est efforcé de toujours tourner du même côté pour retrouver la sortie, mais la théorie du labyrinthe ne s'applique que sur une surface plane et un niveau unique ! Les galeries des catacombes montent, descendent, se croisent, se superposent... Il ne compte plus que sur la chance.

Il est fatigué. Son front et ses mains pulsent de douleurs sourdes. Il a faim. Il traîne les pieds, bute sur les pierres qui dépassent, mais refuse sa peur. Il guette le frôlement doux des bestiaux à l'étable. Il croit sentir l'odeur merveilleuse des vaches...

Le sentiment aigu d'être observé le fige soudain. Dans ce noir absolu c'est absurde, et pourtant... Une main brutale s'abat sur lui, broie son épaule. Il tente de saisir sa dague ; on la lui arrache. Un tintement sur la pierre du sol, l'agresseur a jeté l'arme derrière lui. Il ne parvient pas à se dégager. La force de l'autre est si grande qu'il réunit sans mal ses deux poignets et les immobilise d'une seule de ses mains.

« Qu'allez-vous faire de moi ? » La question

meurt sur ses lèvres. Il sent de toutes les fibres de sa chair la folie du monstre qui l'a saisi. Il doit se taire, attendre, ne pas perdre les atouts qu'il a peut-être, saisir la moindre opportunité...

L'agresseur l'entraîne vivement. Il trébuche, se cogne à un mur dans le noir. Très vite, l'autre le lâche et le pousse d'une bourrade. L'Écrivain, déséquilibré, devine un trou devant lui et bondit d'instinct. Il tombe en hurlant, les bras en avant. Ses mains abîmées frappent un rebord de pierre et s'y agrippent tandis qu'une douleur brûlante irradie son corps entier. Des rocs qu'il a dû heurter roulent sourdement en dessous de lui. Il réalise alors que le grincement effroyable qui vrille son esprit épuisé est un rire. Un rire qu'il a déjà entendu ! Mais sa souffrance étouffe cette impression fugace.

Ne pas bouger. Dans l'obscurité absolue, fût-il nyctalope, son bourreau n'a pu le voir échapper à la chute. Du fond de sa douleur, l'Écrivain sait que ses mains ne doivent pas lâcher les charbons ardents qu'il est sûr d'étreindre. Dents serrées, il récite en lui-même des vers latins pour faire durer le temps. Bientôt, à la qualité du silence, il sait qu'il est seul. Alors il bande ses muscles et remonte doucement, passe un coude puis deux sur le seuil de pierre qui borde le trou. Une violente traction des épaules pour basculer son buste... son appui a bougé : une dalle en équilibre instable ! Il bloque son mouvement, se repose mais, de nouveau, ses muscles se tétanisent : il lui faut bouger. Il opère peu à peu l'ultime rétablissement. L'effort mobilise toute son énergie. A plat ventre, les jambes dans le vide, il tremble sans fin. Lentement, il reprend son souffle, puis rampe sur la pierre qui bouge sous lui comme une assiette sur une surface bosselée. Il en atteint très vite le bord.

Une joie brutale l'envahit. Il a rencontré un homme. Qu'importe qu'il ait tenté de le tuer ! C'est le retour vers la vie. Il est allé au bout de ses forces. Mais avant de se reposer, il faut qu'il évalue le danger. Il tâte ses poches : son reste de chandelle et son briquet sont toujours là.

La petite lumière l'éblouit. Devant lui, le large puits où il devait tomber est une parfaite oubliette, profonde d'au moins trois toises avec un fond plus large que l'ouverture. Il y a quelque chose au fond, des tas allongés de chiffons sales ou quelque chose comme ça... Il ne s'attarde pas sur la question : sa lumière est trop faible, ses mains lui font trop mal et sa survie prime tout. Pourtant, il s'arrête à la dalle irrégulière qui borde le trou et lui a sauvé la vie. Elle dépasse d'un tiers sur le vide et doit peser trois ou quatre cents livres. C'est elle que ses mains ont agrippée et dont l'équilibre précaire l'a tellement inquiété. Sa couleur sable contraste avec le gris d'alentour. Il lève les yeux. Elle s'est détachée du plafond où son empreinte se voit fort bien....

La chandelle brandie, il cherche sa dague en

espérant que son agresseur ne l'a pas ramassée. Elle est bien là. Lorsqu'il se baisse, une empreinte de pas lui saute aux yeux. Il met son pied à côté : elle est beaucoup plus grande que la sienne. C'est incontestablement celle de son agresseur. Les traces conduisent à une autre galerie. Il s'y enfile sans hésiter. L'homme, capable de trouver dans le noir absolu l'oubliette où il voulait le précipiter, connaît parfaitement les lieux. Or il ne peut connaître l'immensité des carrières. Donc la sortie est proche. Il se cramponne à cette idée. Sa bougie diminue mais, à un second carrefour, elle lui permet de repérer une nouvelle trace. Il court presque. Sa fatigue a disparu. Sa bougie grésille soudain et s'éteint. Il ralentit à peine le pas : il a senti des présences. Il avance, les mains en avant, et rencontre la paroi : un coude qu'il dépasse. Des frôlements, des bruits de bêtes lui parviennent. Les bœufs sont par là. Il les imaginait à une centaine de pas et il est tout surpris d'en percuter un. La bête s'écarte placidement puis se remet à manger. Il l'entend broyer du fourrage sous ses larges molaires. Un tas de foin ! Il s'y laisse tomber. Il a moins froid, à cause des animaux sans doute. Alors sa tension se relâche. Malgré l'inconfort et contre sa volonté, il s'endort d'un sommeil sans rêve.

Des voix le réveillent. Il s'alarme, mais ce ne sont que trois valets venus soigner les bœufs. Tout près, une torche l'éblouit. Il se lève d'un bond. L'homme qui la brandit ouvre la bouche pour crier.

– Tais-toi !

La voix sourde formidablement impérieuse le fige.

Déjà l'Écrivain pique de sa dague la gorge du malheureux. Les bœufs alentour ruminent paisiblement.

– Mène-moi dehors, ordonne-t-il.

L'arme mais surtout l'allure de ce personnage noir et sanglant terrorisent le vacher. On lui avait bien dit que ces catacombes étaient hantées par des spectres ! Ses compagnons ne se sont rendu compte de rien. Il n'ose pas les appeler et se dirige vivement vers l'extérieur. Ils arrivent très vite à une large cave.

– La sortie, c'est là-haut, balbutie le bouvier en montrant un escalier de pierre.

– Monte ! ordonne l'Écrivain.

Ils débouchent dans un large entrepôt. A la lumière du jour qui entre, étouffée par les vessies tendues sur les fenêtres hautes, il devine des crochets de boucherie.

– Ouvre ça, ordonne l'Écrivain en désignant un portail étroit au fond de la salle.

Le vacher retire la barre. L'Écrivain le bouscule, écarte le lourd vantail et se glisse dans l'entrebâillement. Dehors, il s'éloigne à grands pas, ébloui par le jour et le dos crispé dans l'attente d'une flèche où d'un coup de couteau, mais rien ne se passe. Il se retourne. L'abattoir derrière lui est calme. La Seine est tout près : il entend les cris des bateliers qui résonnent étrangement sur l'eau du fleuve. De fait, dès qu'il tourne l'angle de la rue, son regard se heurte aux hautes meules de fourrage du quai au Foin. Il pense même reconnaître celle où il a logé une nuit.

Il est vivant, il est sorti, il est libre, alors il se sent mal. Trop de fatigue, trop de douleur, trop de tension. Il a des éblouissements puis sa vue se brouille comme si la nuit tombait. Il ferme les yeux, s'appuie brièvement au mur, reprend sa marche titubante, tourne un angle : une auberge lui semble vaguement familière, il en pousse la porte et entre, puis plus rien...

11

Tendresse

Un homme immense et gris écrase ses mains dans un étau de bois. Il les retire vivement et se réveille. Un cauchemar. Mais la douleur persiste. Il explore ses paumes douloureuses du bout de ses doigts. Ses deux mains sont bandées. Dans son mouvement, il a effleuré une peau nue, douce, chaude. Lui aussi est nu. Il s'assied brusquement. Un gémissement lui échappe. Il a heurté ses blessures. Le sang bat à ses tempes.

– Calmez-vous, messire... Dormez, il est très tard.

Une voix féminine ensommeillée. Un rêve dans le rêve ! Les hallucinations de la fièvre, sans doute... mais, réelle ou imaginaire, cette couche est chaude et cette femme bienveillante. Il se tourne doucement, pose ses doigts sur une épaule ronde et sombre à nouveau dans le sommeil.

Ce contact sur son épaule la réveille complètement. Elle n'ose plus bouger et son cœur bat fort.

Pour rien au monde elle ne voudrait être ailleurs. Elle est sûrement devenue folle, mais ses agissements ne regardent qu'elle ! En fin d'après-midi, elle a vu entrer dans son auberge le grand homme mince aux yeux de braise qui l'avait interrogée sur Jean Augier, le maître changeur. Il avait une allure étrange et tout de suite l'angoisse a étreint sa gorge... Depuis deux jours ce grand homme calme la hantait et il apparaît soudain, hirsute, ensanglanté, les mains semblables à des pinces noirâtres... Elle a ouvert de grands yeux effrayés. Alors il l'a regardée, a souri, ses yeux se sont fermés et il s'est effondré.

D'abord elle a fermé l'auberge, puis soulevé cet homme qu'elle a couché sur sa grande table. Elle l'a déshabillé. Sa maigreur musclée et son visage fin l'ont émue. Elle l'a trouvé beau comme un christ d'église, s'est arrachée à sa contemplation pour le laver avant de nettoyer ses plaies à l'eau chaude. Celle de son front était sèche et saine mais ses mains suintantes et souillées avaient moins bonne allure. Elle les a enduites d'onguent et bandées. Elle l'a mis debout. Il tenait à peine sur ses jambes. Elle l'a presque porté jusqu'à sa chambre et l'a couché dans l'unique lit. Il semblait dans un état second que ses blessures bénignes ne pouvaient seules justifier. Avant de le couvrir de son épaisse couette, elle l'a de nouveau examiné : son front était brûlant et son ventre creux. Il n'avait sûrement pas mangé depuis plusieurs jours. Elle lui a préparé un bouillon. Il a ouvert des yeux vagues, l'a bu péniblement mais entièrement puis s'est endormi... Plus tard, beaucoup plus tard, son service fini elle est montée se coucher. Elle voulait prendre draps et couvertures dans son coffre et s'installer un lit dans la salle de l'auberge, vide jusqu'à l'aube. Elle l'a regardé, a remis sa literie dans le coffre et s'est couchée à côté du gisant en prenant bien soin de ne pas le toucher pour ne pas le réveiller. Contre toute attente, elle s'est endormie très vite... Et maintenant ces doigts sur son épaule la troublent terriblement. Cet homme est peut-être un gibier de potence ! Tout son être lui crie que non... Elle sourit dans la nuit. Elle est terriblement inquiète mais formidablement heureuse.

Il se réveille, reposé. Lui revient le rêve de la nuit. Ménageant ses mains, il bouge. La femme est là, enfouie sous la couette. Elle lui tourne le dos. C'est idiot, mais il est sûr de reconnaître ces boucles brunes qui seules dépassent des couvertures. Il revoit une belle fille aux yeux clairs, des boucles sombres s'échappant d'une coiffe blanche. Taille mince, poitrine épanouie, bras musclés... elle lui avait servi des fèves délicieuses... Alors il se souvient de sa marche. Épuisé, ébloui par le soleil, il s'était soudain retrouvé devant chez elle par hasard... Il n'y a pas de hasard, il le sait depuis longtemps. Dans la lumière douce de l'aube, il se plaque contre elle et l'entoure de ses bras...

La plume rouge court sur le parchemin fin. S'il n'appuie pas, il n'a pas trop de mal à écrire. Quand il a tout noté, il range le gros cahier dans sa cachette et soupire : il est l'heure d'aller dormir. Il n'a qu'une envie, rejoindre les bras blancs d'une belle brune aux yeux clairs à laquelle il n'a même pas dit son nom. Si quiconque l'interroge, elle racontera simplement qu'elle a soigné un voyageur parti sans laisser d'adresse... Il lui a expliqué qu'il était pourchassé et que, pour sa sécurité à elle, il ne devait pas la revoir avant plusieurs jours, avant que toute cette affaire ne soit finie. Elle l'a écouté gravement et l'a laissé partir. Il ne sait que son prénom : Catherine.

Il n'a disparu qu'un jour, un jour d'éternité. Il a beaucoup réfléchi : ce trafic de bovins n'est qu'une banale escroquerie. Que lui importe le préjudice subi par Armagnac qui tient Paris ou par Jean * sans Peur qui l'encercle ! L'Écrivain n'a aucune sympathie pour ces barbares arrogants. Mais, dans l'ombre de cette contrebande, il y a eu le meurtre d'une fille toute jeune qui simplement

« vendait son devant » pour survivre. Qui l'a fait tuer ? Le chevalier au médaillon dont elle aurait surpris le secret ? Le gros Faber qu'avait tant troublé la petite jambe trouvée sur la gamine ? Et si tout cela n'était qu'un coïncidence, si le meurtrier était quelqu'un d'autre ! Pourquoi pas Jean Augier le maître changeur ou le monstre des catacombes avec son rire fou ! A l'évocation des souterrains, le pouls de l'Écrivain s'accélère et ses poils se hérissent.

Il a rouvert sa boutique. Il n'y aura pas de nouveau trafic à la porte Bordelle avant que le troupeau clandestin n'ait été entièrement mangé. D'après ses calculs, ça prendra au moins une douzaine de jours.

En deux grandes journées de travail, il a rattrapé son retard. Ses clients sont contents, sa bourse aussi qui s'est gentiment regonflée. Ses mains qu'il panse avec l'onguent de Catherine vont de mieux en mieux. Elle voulait qu'il revienne se faire soigner. Pour sa sécurité, il a refusé. Alors elle lui a donné sa réserve de pommade...

Il regarde tomber la nuit en songeant à la petite. Les innombrables malheurs du temps imposent à chacun simplement de survivre. Pourquoi veut-il absolument rendre justice à cette fille ? Parce que, jugé hérétique sur une dénonciation calomnieuse du gros Faber, il a été condamné à dix ans de bannissement, terrible période où tout retour dans votre ville vous transforme en bête à abattre sans sommation ! Alors... alors il ne supporte plus les abus des puissants et, quand on attaque ses proches, il agit : c'est le prix de sa sérénité.

Dimanche, les Parisiens vont à la messe respirer un air de paradis. Les chants liturgiques roulent à travers les hautes nefs tandis que les prêtres en chasubles somptueuses pratiquent les rites aussi familiers que mystérieux dans un chatoiement d'or, de candélabres et d'ostensoirs. Les vitraux jettent sur ces pompes d'étranges taches de couleur. Mis à part quelques clercs qui entendent le latin, la foule dévote ne comprend pas grand-chose mais le spectacle y gagne en mystère, un mystère un peu inquiétant tout de même.

L'Écrivain, levé tard, est sorti marcher. Comme par hasard il s'est dirigé vers la Seine. Il a pris soin d'éviter l'auberge de Catherine. Pourquoi se retrouve-t-il devant Saint-Séverin qui en est proche ? En la voyant arriver, il prend conscience qu'il est venu pour elle. Elle porte une robe de fête noire, brodée d'arabesques rouges. Un grand fichu de laine écossaise, croisé sur sa poitrine, couvre la blancheur amidonnée de sa coiffe et descend jusqu'à ses reins. Il la voit entrer, hésite à la suivre quand un mouvement de foule attire son attention : un palanquin étroit, porté par deux chevaux, vient de s'arrêter. C'est vers lui que s'est précipitée la grappe des mendiants. La grande femme grise qui menait la première bête écarte sans ménagement le groupe agglutiné, déplie un marchepied et ouvre la portière du véhicule. Bien qu'il ne l'ait vu qu'une seule fois, l'Écrivain reconnaît Jean Augier, le maître changeur, dans le personnage majestueux qui en descend. Les mendiants, suivant un rituel apparemment bien établi, se sont formés en demi-cercle autour de l'arrivant. Il les sent fébriles comme des chiens de meute auxquels on va jeter les viscères d'un cerf abattu. Un sourire ambigu naît sur le visage lourd du banquier tandis que sa main descend vers son escarcelle, l'ouvre, en sort une pièce qu'il élève lentement avant de la faire tourner entre ses doigts agiles. Un reflet jaune fait sursauter l'Écrivain : une pièce d'or ! Lancé très haut, l'écu virevolte puis retombe dans le grouillement des affamés qui se bousculent, se frappent, hurlent et implorent. L'escogriffe noir dévisage l'homme lourd à la crinière blanche : ses yeux fulgurent, ses narines palpitent et ses bajoues vibrent d'une excitation obscène. Alentour, les badauds rient aux éclats. Ce n'est pas aussi drôle que l'arène * aux aveugles, mais là du moins le spectacle est gratuit. En quelques instants tout est fini : le vainqueur s'écarte furtivement et s'enfuit, le bourgeois retrouve son calme méprisant, les mendiants s'éloignent un à un. Une vieille femme est restée sur le carreau. On l'adosse à un mur et on l'oublie.

Elle ouvre bientôt un œil, se relève en geignant et s'en va cacher sa douleur dans quelque trou. Sous son surcot de loup, l'Écrivain se surprend à serrer sa dague noire. Il la lâche et seul son regard acéré poignarde le bourgeois qui entre dans l'église, la morgue au front et le pas solennel...

Catherine ! Pour la voir, lui aussi est entré sous la nef gothique. Indifférente à l'office, elle prie la Vierge Noire avec force signes de croix. Lui, l'ancien étudiant en théologie et en droit, contemple avec un amusement attendri cette foi animiste pour cette divinité, fille bâtarde de l'Église et de la déesse celte de la Fécondité. Tout près d'elle, tapie comme une araignée noire, la vieille Béatrice marmonne. En tendant l'oreille il entend : « Monstre, sarrasin, écorcheur d'enfants. » Elle regarde dans la foule quelqu'un qu'il ne peut pas voir. Maître Jean Augier ?

L'Écrivain sort sans aborder la jeune femme, pour ne pas la mettre en danger. C'est du moins ce qu'il pense. En fait, le sentiment qu'elle a fait naître en lui le déroute. En proie à l'incertitude, il est resté dans l'ombre.

Plus tard, mécontent de lui-même, il erre par les rues. Il s'arrête soudain devant le portail de l'entrepôt qui ouvre sur les carrières souterraines. Il ne le cherchait pas consciemment, mais il ne croit pas à une coïncidence. Il le dépasse d'un pas de flâneur pour donner le change. Les probables sentinelles l'ont-elles reconnu ? La description du bouvier devait signaler son visage ensanglanté et son air hagard... Oserait-on l'attaquer de jour ? Il se secoue : son imagination est trop vive. Quelques toises plus loin, l'impression désagréable d'être regardé lui fait lever les yeux. Sur une terrasse qui le domine, un homme mince le dévisage : il porte un pourpoint pourpre... L'Écrivain reconnaît alors la maison de maître Jean Augier. Il passe son chemin tranquillement mais, à nouveau inquiet, tourne dans la première rue qui se présente. Ce n'est pas la venelle où s'était enfui le chien voleur de porcelet. Elle lui semble pourtant vaguement familière. Une porte grande ouverte l'attire. Il y jette un coup d'œil. Une salle voûtée où une servante fait le ménage. Il est à peine surpris de reconnaître l'antre du Pape de la nuit.

Entre l'entrepôt de boucherie donnant sur les souterrains et le cabaret du Pape, se situe la propriété du maître changeur... Et s'il était le propriétaire de l'ensemble ! Comment vérifier cela ?

L'Écrivain, songeur, avance à pas lents quand il remarque une maison fermée. Renseignements pris, elle est bien à vendre, excellent motif pour questionner le notaire voisin et s'enquérir des biens du maître changeur. Mais il lui faudra attendre demain car on est dimanche et l'étude est fermée...

C'est un homme rond, chauve avec de gros sourcils. Bien enveloppé dans sa robe fourrée, il regarde l'Écrivain d'un air suspicieux.

– Comprenez-moi bien, maître, je suis le secrétaire d'un homme puissant et, avant d'acheter cette maison, il veut s'enquérir des voisins, savoir s'ils sont gens de bon aloi ou s'ils vendront d'ici quelques années quand il voudra s'agrandir !

– C'est que tout cela est confidentiel et... voyons... je serais fort rassuré si vous me disiez pour qui vous travaillez...

– C'est que nous vivons des temps difficiles, maître notaire, et la fortune de mon commanditaire excite bien des convoitises. Vous comprendrez que ses transactions nécessitent une grande discrétion. J'ai pour consigne expresse de ne point dévoiler son identité. Sachez cependant que cette première opération sera suivie d'autres, de beaucoup d'autres et qu'un notaire de confiance sera apprécié à son juste mérite...

Le tabellion aime l'argent et des perspectives de gains importants méritent qu'on s'y arrête. Il se lève de sa massive cathèdre et contemple son antre. Debout, les fesses calées par le plateau incliné de leurs hauts tabourets, face à leurs massifs lutrins, une douzaine de copistes s'échinent sur des actes. Leurs plumes d'oie crissent sur les parchemins. Les candélabres délimitent des halos de lumière douce autour de chaque plumitif. L'Écrivain, qui attend patiemment, remarque les filets de fumée qui montent des chandelles et s'écrasent au plafond en cercle de suie. Il règne dans la salle une odeur de suif rance, de peau mal tannée et d'hommes fatigués. Le tabellion domine tout cela. Sa table ouvragée trône sur une haute estrade. Derrière lui, des rayonnages de bois croulent sous la masse des documents reliés en recueils par des appareillages complexes de ficelles poissées. Comme toujours, contempler sa puissance le rassure. Il a tout à gagner à lâcher quelques informations. Il se tourne vers cet homme modestement vêtu mais qui s'exprime avec aisance.

– Il faudra que votre maître accepte un prix élevé pour acquérir cette maison. Voyez-vous, presque tout le quartier appartient au même propriétaire qui verrait d'un très mauvais œil la bâtisse lui échapper...

– Maître Augier est un homme de grand bien, le contre l'Écrivain, mais je me suis laissé dire que l'actuel propriétaire, qui est heu... en délicatesse avec lui, refusait de la lui céder... Il vous aurait même écrit en ce sens !

Les deux hommes s'observent en silence. L'Écrivain a un sourire rentré : les épais sourcils froncés de son interlocuteur, combinés à sa rondeur, lui donnent des allures de chattemite floüée.

Le notaire songe qu'il a sous-estimé son interlocuteur et qu'il collera une solide amende au clerc qui, tout à l'heure, a accueilli cet homme maigre aux yeux trop vifs ! Au lieu de subtilement s'informer, cet imbécile s'est fait tirer les vers du nez ! Il contre-attaque :

– Vous êtes bien informé, messire secrétaire, et je vous en félicite. Mais une solution pourra toujours être trouvée. On vendra non pas à messire le banquier mais à l'un de ses proches, voilà tout. Son fils par exemple. Si le prix est suffisant, je réaliserai sans grande difficulté une vente dont toutes les parties finiront par se réjouir...

– Son fils ? s'étonne l'Écrivain. Nul ne parle jamais de son fils ! Maître Augier vit seul et...

Le notaire le regarde d'un air étrange puis le coupe, la lippe renfrognée :

– Il vit dans sa « maison des champs » dans le village de Sceaux, à deux heures de cheval...

12

Alliance

Tout en marchant l'Écrivain médite. Ainsi, tout le pâté de maisons appartient à Jean Augier le banquier, y compris l'entrepôt des bouchers et l'auberge du Pape de la nuit ! Cet homme a des ennemis farouches et pas seulement dame Béatrice la folle. Le profil du riche bourgeois s'ébauche : un affairiste sans scrupules... Est-ce pour le fuir que son fils vit à la campagne ? Est-il compromis dans le trafic de bovins où trempe le gros Faber ? A-t-il sa part sur les combines du Pape de la nuit ? Quelle relation avec le meurtre de la petite ? Il doit en exister une, pourtant !

Avec le couchant le froid s'installe. Il gèlera cette nuit. Quoi d'étonnant, fin février ! Il hâte le pas pour rejoindre son échoppe avant le couvre-feu ; et puis ça réchauffe. La placette de la porte Bordelle grouille de l'agitation qui précède la fermeture des portes. On entre en hâte pour ne pas être bloqué hors de la ville. Il se faufile dans la foule quand son vêtement s'accroche. Il se fige, de peur de le déchirer. Un crochet ! Il se retourne et se trouve nez à nez avec le mendiant aux yeux bleus qui dégage sa prothèse.

– J'ai bien failli te manquer, dit le vieil homme dont l'œil pétille.

– Tu es Sylvain le Manchot et il se passe quelque chose de grave, affirme l'Écrivain après un court silence.

– Des caïmans t'attendent chez toi ! Suis-moi à quelques pas, qu'on ne nous voie pas ensemble...

Ainsi, ils l'ont repéré. Il se rend compte qu'il s'y attendait depuis son échange de regards avec l'homme au pourpoint rouge. Il en a trop fait et ses adversaires ne sont pas idiots...

Il regarde l'homme devant lui. Il n'est pas si vieux que ça, pas même la soixantaine. Ses guenilles cachent des vêtements chauds et il va d'un pas souple. Il n'a nul besoin pour marcher de la trique qu'il tient de la main gauche et le crochet qui remplace sa main droite semble remarquablement affûté. Il ne manque ni d'allure ni de détermination, Sylvain le Manchot, et l'affronter en combat de rue comporte sans doute de sérieux risques. Lui faire confiance ? Il n'a pas le choix mais n'en ressent pas d'inquiétude. Et son échoppe ? Il hausse les épaules. Un peu d'aventure pimentera sa vie de petit bourgeois. De toute façon, s'il veut survivre, ou bien il s'en va – et il a décidé de ne plus fuir –

ou bien il va jusqu'aux conséquences ultimes de son enquête : la destruction de ses ennemis... Et l'écrit rouge ! Il doit le reprendre, ainsi que les comptes du gros Faber... Son front s'est rembruni.

Ils longent le rempart quelques centaines de toises puis tournent dans une rue calme et s'arrêtent devant une bâtisse de pierre. A la lumière pauvre de la nuit tombante, l'Écrivain ne remarque pas tout de suite ses fenêtres vides et les traces d'incendie sur les murs.

Le mendiant frappe à la barricade de fortes planches qui ferme l'entrée et se tourne vers lui :

– C'était l'hôtel de messire de Dardilly, décapité l'an dernier pour haute trahison. Les soldats du duc de Bourgogne l'ont pillé et brûlé. Sois le bienvenu dans la demeure de Sylvain le Manchot !

Ils attendent une bonne minute que la porte s'ouvre. Ils entrent dans l'enceinte à ciel ouvert de la maison incendiée. Il n'a pas fait trois pas que l'Écrivain est immobilisé par deux hommes embusqués tandis qu'une femme le palpe et lui ôte sa dague noire. Il a un sursaut de colère inquiète.

– N'aie crainte, dit le mendiant. Tout étranger est désarmé. C'est la règle. Même si j'avais demandé qu'on ne te fouille pas ils l'auraient fait. Tu aurais pu me tenir par contrainte, tu comprends. Tu n'as pas besoin d'arme ici... Maintenant on peut te rendre ta dague, si tu veux...

L'Écrivain a appris à vivre, en dix années d'exil.

Il connaît les règles de politesse des gens de la route.

– Je n'en ai nul besoin, ami Sylvain, du moins sous ton toit, dit-il en montrant le ciel.

Les hommes rient. Sylvain le reprend d'un ton léger :

– Notre toit est solide, rassure-toi. Il a très bien résisté à l'incendie !

Caché par une baraque en planches apparaît un escalier descendant. Un des hommes s'y engage et, parvenu à un coude, allume une chandelle...

Trois gros piliers centraux supportent la voûte d'une cave imposante où se tiennent deux douzaines de personnes. Un feu illumine une belle cheminée et il règne une agréable tiédeur.

– Messire de Dardilly aimait le luxe et comme il avait avait volé beaucoup d'argent... commente Sylvain. Nous sommes dans la salle des étuves, jamais terminée d'ailleurs. Cette cheminée a été installée pour faire chauffer l'eau du puits que tu vois dans ce coin. Une eau fort bonne, tu pourras en juger.

Contre un mur, un bat-flanc de bois brut, large d'une toise, porte des paillasses et des couvertures soigneusement pliées.

– Tu dormiras là, si ça te convient.

– Je te remercie, dit l'Écrivain, mais je voudrais savoir...

– Tu-tut-tut... Tout à l'heure...

L'Écrivain se tait. Il sait qu'il faut un temps pour tout et le Manchot est un renard. Il attendra. Les hommes font de menus travaux. Des femmes tournent la soupe. L'une d'elles lui sourit.

– Salut à toi, l'Écrivain. Contente de te voir en bonne santé...

Il reconnaît sa voix. Dans l'ombre de la nuit, alors qu'il suivait l'homme au pourpoint rouge, les mendiants de Sylvain l'avaient arrêté. Elle lui avait recommandé la prudence... Le Manchot s'est éloigné pour gérer ses affaires, alors il s'assied à côté d'elle.

– Depuis que Sylvain est notre chef, dit-elle, la soupe est assurée et nous ne vivons plus comme des bêtes...

A aucun moment elle n'évoque les circonstances qui l'ont jetée à la rue. Il l'en félicite.

– C'est défendu, lui répond-elle, Sylvain nous interdit de raconter nos malheurs.

Plus tard, on lui sert une grande écuelle de soupe au chou et une large tranche de pain noir. Il découvre qu'il avait faim et ce repas frugal n'est pas le plus mauvais qu'il ait fait.

– Montre tes mains.

Il se retourne. Un homme borgne se lave dans un baquet de bois puis s'approche de lui.

– Toi, éclaire-moi !

Un enfant blond sort de l'ombre, décroche une torche du mur et la tend vers eux. L'Écrivain reconnaît avec plaisir certain tire-laine juvénile dont il a longuement observé le talent.

– Content de te voir, compagnon, dit-il.

– Salut, plume en fer ! répond le gamin avec un sourire lumineux.

Plume en fer : l'enseigne de son échoppe ! Le surnom l'enchante. Le borgne défait ses pansements en des gestes adroits mais fermes. La chair est encore à vif par endroits et l'Écrivain grimace de douleur. L'homme examine les plaies puis les tamponne avec un linge imbibé de vin.

– Sèche-les.

L'Écrivain approche ses mains de la torche tandis que l'enfant le regarde gravement. La chaleur est presque agréable, à condition de rester à distance. Dès qu'elles sont sèches, le borgne les enduit d'une pâte dorée.

– Du miel ! s'étonne le patient.

– Eh oui, du bon miel. Tes chairs le mangeront et la peau repoussera plus vite.

Le remède est efficace car bientôt il oublie ses mains.

Quand la communauté est endormie sur le bat-flanc, le Manchot le convie près du feu mourant.

– Ainsi, tu surveillais ma boutique, constate l'Écrivain.

– Pas seulement. La porte Bordelle est un bon coin pour mendier. Vois-tu, je suis là tous les jours et j'observe la place... J'ai vu ton manège, ce jour de pluie. Qu'allais-tu faire dans la masure abandonnée ? J'y ai envoyé mon petit-fils, il a vu la fille clouée à la poutre. Quand, à la nuit tombante, un homme a emporté le cadavre sur une charrette à âne, tu étais dans le coin...

– Tu m'as pris pour l'assassin ?

Le Manchot hausse les épaules.

– Non, mais ton rôle dans tout ça ne me semblait pas très clair...

– Alors tu m'as fait suivre par tes mendiants...

– Pour savoir, pour te protéger aussi : tu t'intéressais à ce meurtre, mais je ne comprenais pas pourquoi. Et puis j'ai parié que tu finirais par savoir, et qu'on pourrait occire l'assassin, au moins pour l'exemple !

– Mais le guet et les hommes du Châtelet... c'est leur ouvrage !

– Une milice de bourgeois gras et deux cents sergents corrompus doivent maintenir l'ordre dans soixante paroisses comptant quarante mille feux ! Si les assassins ne sont pas pris sur le fait...

L'Écrivain hoche la tête. Décidément, ce mendiant sort de l'ordinaire.

– Et pourquoi tu te préoccupes de l'assassinat

d'une quelconque putain ? demande-t-il. De cette fille en particulier, je veux dire.

– Et toi ?

– Je n'aime pas qu'on perce les chats de flèches ni qu'on tue des gamines à ma porte, répond l'Écrivain avec un sourire de biais.

Devant l'air ahuri de son interlocuteur il poursuit :

– Elle avait seize ans et aurait pu être ma fille...

– On n'aime pas non plus qu'on tue les filles des rues. L'une d'elles était une de nos... amies, répond le mendiant d'une voix sourde.

– La petite Margot ?

– Oui, la petite Margot, répond le Manchot, étonné.

– Pauvre gamine, finir ainsi clouée à une poutre par un carreau d'arbalète.

– Margot est morte le crâne défoncé ! s'exclame Sylvain. On l'a ensuite jetée à la Seine. On l'a retrouvée un matin, prise dans la chaîne de la tour de Nesle. Tu sais, celle qu'on tire la nuit en travers du fleuve pour empêcher les bateaux d'entrer dans la ville.

– C'est pas la même ! s'exclame l'Écrivain.

Sans doute parce qu'il l'a consignée dans son journal, il se souvient de la conversation des deux filles follieuses surprise au cimetière des Innocents : « Il est revenu... Il doit avoir des écus... Vas-y si tu veux, moi j'y vais pas !... Pourquoi ?... Margot... la petite d'hier !... Celle qui est partie avec lui... Elle est morte... » Il la rapporte au mendiant. Réfléchissant tout haut, il poursuit :

– Cette fille, Margot, tu te souviens de la date de sa mort ?

Le Manchot répond sans hésiter :

– Le jour de la Sainte-Agathe.

– Il y a donc une quinzaine de jours. Ça concorde.

– Alors il y a eu deux filles assassinées ce même jour.

– Tu ne le savais pas ? s'étonne le Manchot.

– Attends, attends...

Les idées se bousculent dans la tête de l'Écrivain qui réfléchit : « Si on a retrouvé leur Margot dans la Seine ce matin-là, se dit-il, c'est qu'on l'y avait jetée dans la nuit... L'autre, la gamine qui mangeait mon chat, a pu être témoin du meurtre... La petite jambe cachée dans son giron portait une tache brune... sûrement du sang séché, et c'est le fermoir d'un coffret de fer. On a défoncé le crâne de Margot avec ce coffret ! Et le gros Faber était horrifié à la vue de cette petite jambe. Il a dû assister au meurtre. A moins qu'il ne l'ait commis ! Mais alors, quel rôle jouent les Coquillards, l'archer et l'homme au médaillon, sans parler de Jean Augier.

Sylvain a respecté son silence. Il finit par demander :

– Alors ?

– Plus j'avance, moins je comprends, répond l'Écrivain, accablé.

Ils restent un long moment silencieux.

– Cette nuit où tes mendiants m'ont abordé, ils me protégeaient de qui ? Du Pape de la nuit ?

– Tu entrais sur son territoire comme un loup en chasse. Il hait les intrus et les tue de ses propres mains. Pourtant il n'a jamais aucun ennui... A croire qu'il est protégé en haut lieu. Et que ce soit les Armagnacs ou les Bourguignons qui tiennent Paris, ça ne change rien à l'affaire.

– Le Pape est ton ennemi ?

L'Écrivain devine qu'il hausse les épaules dans l'ombre.

– Il ne sort jamais de son territoire et mes gens ont la consigne de ne jamais y mettre les pieds. Ils t'ont arrêté à sa frontière et...

– Et quoi ?

– Il se passe des choses dans ce coin-là... de drôles de choses.

Sylvain a l'air gêné, mal à l'aise.

– Mais encore ?

– Oh rien, des rumeurs, c'est tout... on parle de sacrifices humains, de démons nocturnes... Je n'aime pas ça et mes gens non plus...

Il s'est tu, le regard noyé au fond des braises... Tous deux méditent. Enfin l'Écrivain se lève.

– Si on allait dormir ? Au fait, il faudrait récupérer chez moi les papiers de maître Faber et le journal où j'ai noté toute l'affaire. Tu crois qu'on pourrait faire ça ?

Sylvain le Manchot trône sur sa borne comme d'habitude. A ses pieds, la silhouette misérable d'un aveugle est tassée sur elle-même. Le visage mal rasé, un bandeau de gaze légère sur les yeux – à travers lequel il voit à peu près bien –, l'Écrivain observe sa maison qu'occupent deux malandrins, avec le sentiment étrange d'être le témoin de sa propre vie.

– La porte semble intacte, chuchote-t-il. Comment sont-ils entrés ?

– Le serrurier ton voisin a officié très adroitement. Deux des Coquillards mimaient une dispute devant ta porte. La femme du tonnelier s'en est mêlée et personne ne l'a vu faire.

L'Écrivain grimace. Il aura quelques questions à poser à son acariâtre voisin. Il ne craindra plus de lui mettre la puce à l'oreille et il n'est plus vraiment certain qu'il résistera à l'envie de le rosser d'importance.

– Je suis inquiet pour le petit, dit-il.

– Moi aussi.

Les yeux bleus de Sylvain, plus pâle tout à coup, semblent porter la foudre tandis qu'il gronde :

– Celui qui touchera un seul cheveu de sa tête ne verra pas le soleil se coucher.

– Le voilà !

Portant un panier au bras, le petit-fils de Sylvain approche tranquillement de l'échoppe...

Ils sont deux, hargneux et fatigués d'avoir veillé toute la nuit. Cette ordure d'écrivain public a découché. Mais il reviendra ouvrir son échoppe et ils lui trancheront la gorge pour lui apprendre à faire attendre les clients.

– Regarde le gamin, dit l'un des ruffians, on dirait qu'il vient ici.

– Il a des provisions dans son panier et un pot de bière. Je sens qu'on va boire un coup. Déverrouille la porte.

Le gamin entre et regarde les deux hommes avec ses grands yeux bleus.

– L'Écrivain n'est pas là ? demande-t-il.

– Il va arriver, grogne un des deux hommes.

– Vous pouvez prendre les provisions pour lui ? dit l'enfant tandis qu'il déballe son panier.

La bière pétille dans la cruche. Un des hommes l'empoigne, boit une rasade et la tend à son compagnon. Pendant ce temps, l'enfant pose les provisions sur la table puis va vers l'écritoire. Il fait tranquillement jouer le mécanisme secret. D'un geste parfaitement naturel, il prend les documents qui s'y trouvent et les pose dans son panier.

– Eh ! Qu'est-ce que tu fais ? s'inquiète un des hommes.

– Je prends des vieux parchemins. L'Écrivain m'en donne toujours pour faire des dessins.

Il brandit sans vergogne les comptes du gros Faber et se dirige vers la porte.

– Attends une seconde, grogne l'autre malandrin en se dirigeant vers lui.

Vif comme une anguille, le gamin l'évite et se jette dehors. L'homme sort vivement derrière lui et heurte une mendiante qui s'agrippe à lui :

– La charité, messire, gémit-elle, pour une pauvre veuve chargée d'enfants.

Le temps qu'il la bouscule, l'enfant a disparu.

Le Sénéchal éructe de rage. Il donne un coup furieux au lutrin de l'Écrivain et ne parvient qu'à se meurtrir le poing. Les deux sbires devant lui n'en mènent pas large. Il les a surpris en train de manger les provisions qu'un charmant enfant avait apportées à l'écrivain public. Et ces imbéciles lui expliquent, la bouche pleine, que le gamin a emporté des parchemins pour faire des dessins et que, quand ils ont voulu l'attraper, une mendiante, qui se trouvait là par le plus grand des hasards, les en a empêchés !

– Maudits imbéciles, vocifère-t-il. Disparaissez.

– Et nos écus, exige un des hommes, l'air soudain mauvais. Tu prends les Coquillards pour des pigeons !

Son compagnon s'est rapproché, un méchant poignard à la main.

Un bond en arrière, un mouvement de bras, deux cris, c'est tout. Horrifié, le premier presse ses deux mains sur sa joue balafrée, tandis que le second regarde stupidement le moignon de son index droit tranché net sur le manche du poignard qu'il tient toujours.

– Du vent, crapules, et si je vous revois en ville je vous fais pendre !

Ils n'en reviennent pas, regardent cet homme mince rengainer son épée et, sans se concerter, se précipitent dehors. Le chevalier les suit sur le seuil. Un sourire méprisant aux lèvres, il les regarde franchir en courant la porte Bordelle. Il se retourne alors, détache la bride de son cheval attaché à un anneau du mur, enfourche sa bête. Inutile de s'attarder quand le gibier a éventé le piège. Il ne mettra pas les pieds chez lui avant longtemps.

– Qui est-ce ? demande l'Écrivain au Manchot d'une voix tendue.

– L'homme de l'Armagnac auprès du prévôt du Châtelet, répond Sylvain. Tu ne le connaissais pas ?

13

Perquisition

– C'est là, dit Sylvain. C'est là que logeait la petite Margot.

– Merde ! s'exclame l'Écrivain qui vient de glisser dans la fange de la rue.

Tout en secouant son pied crotté, il jette un œil dans la ruelle que lui désigne le mendiant. Un homme de sa taille en touche les deux côtés rien qu'en tendant les bras. Un passage étroit serpente entre les tas d'ordures appuyés aux maisons délabrées. A trois pas, un surmulot de belle taille regarde les deux hommes de ses petits yeux vifs.

– Celle-ci.

La maison est plus décrépite encore que ses voisines. Les poutres croisées des colombages se délitent. Entre elles, le torchis est tombé par plaques, mettant à nu les caillebotis de lattes étroites. Il manque quelques tuiles au bord du toit pointu.

Le Manchot frappe à la porte du pommeau de sa canne.

– Qui c'est ?

Une voix de femme méfiante.

– Ouvre, Isabeau, c'est moi.

Une vieille en noir passe le nez dans l'entrebâillement de la porte, puis les laisse entrer. De rares cheveux gris dépassent de sa cornette défraîchie. Elle regarde Sylvain d'un air vindicatif.

– Alors je peux relouer la chambre ?

– Quand on l'aura vue, soupire-t-il.

Ils montent l'escalier grinçant qui conduit aux mansardes.

– Ainsi, la jeune Margot logeait là, dit l'Écrivain. Elle y amenait ses clients ?

– Nnn..., commence Sylvain qui s'interrompt devant l'air chafouin de la logeuse.

Les deux hommes échangent un regard. L'Écrivain baisse la tête pour entrer et le Manchot le suit. Un lit de bois qui ferme comme une armoire occupe la plus grande partie de la pièce. Deux, voire trois personnes peuvent y dormir. Des draps de chanvre rugueux le garnissent encore, ainsi qu'une lourde courtepointe, déchirée par endroits. Un baquet de bois vide, une cruche d'eau et un coffre : c'est tout. Le coffre s'ouvre sans mal. Il n'est pas verrouillé. Étonné, l'Écrivain inspecte la serrure : le bois porte des éraflures, et l'anneau du fermoir lui semble bizarre. Brisé, il a été remplacé par une boucle de rotin noircie ! A part quelques guenilles, il ne reste rien dans le coffre. Les deux hommes se tournent vers la femme qui les guette depuis le pas de la porte avec des allures de rat fautif. Le regard mauvais, le Manchot avance sur elle. La claque retentit sèchement. Projetée contre le chambranle, la vieille se redresse et geint :

– Il faut bien que je vive. Sans ma part des loyers je n'ai rien à manger.

– Tu as encore « oublié » que tu n'es plus maquerelle. L'âge te fait perdre la mémoire, ma pauvre vieille.

D'ironique, le ton devient cinglant :

– Tu as exactement le temps d'un Ave pour m'apporter tout ce que tu as pris dans les affaires de la petite et en particulier son pécule. Sinon je fais savoir partout que la veuve Isabeau est seule, qu'elle a des écus et que Sylvain le Manchot ne la protège plus !

Sans demander son reste, la vieille descend l'escalier avec une étonnante vélocité. La trouille donne des ailes.

– Viens, on ne trouvera plus rien ici.

Le Manchot s'en retourne déjà.

– Un instant, répond l'Écrivain qui extrait de sa poche une petite clé qui tourne parfaitement bien dans la serrure du coffre.

Il hoche la tête, une bouffée de nostalgie au cœur : c'est la clé trouvée sur la gamine...

L'air désespéré, la vieille a posé une bourse sur la table de sa loge. Le Manchot la renverse : des pièces de bronze et quelques pièces d'argent, c'est tout. Alors il se penche lentement vers l'ancienne maquerelle qui lui fait vis-à-vis et, d'un geste incroyablement rapide, la gifle à la volée :

– Il en manque !

La vieille postillonne le sang qui suinte de sa lèvre éclatée :

– Je te jure que j'ai rien pr...

La pointe aiguë du crochet contre sa gorge lui coupe le sifflet. Elle déglutit et fouille ses hardes. Elle en sort six pièces d'or dont deux passablement rognées.

– Montre, dit l'Écrivain, qui en saisit une. Elle vient de Perse, celle-là ! Il n'y en a sûrement pas vingt pareilles dans tout Paris.

Il va poursuivre mais se tait. Le Manchot « protégeait » la petite Margot. L'Écrivain qui pensait presque avoir affaire à un saint se retrouve face à un rapace. Mais qui est-il pour juger autrui ? Le saint est un peu maquereau, voilà tout. Il convient cependant de ne pas trop en dire et se tourne vers la femme à qui il demande à voix douce :

– Margot logeait une amie, n'est-ce pas ?

Avant qu'elle n'ait le temps de nier, il poursuit :

– Une brunette frisée avec de beaux yeux bleus, toute jeune, avec un visage ovale, tu vois qui je veux dire.

Le regard inquiet de la vieille au Manchot ne la rassure pas.

– La Margot ne te suffisait pas, commente celui-là d'une voix doucereuse.

L'Écrivain a posé sa main sur le bras de son compagnon, qui se calme. Il s'adresse à la vieille :

– Écoute, dit-il doucement, peut-être, je dis bien peut-être, que je parviendrai à calmer la colère de maître Sylvain si tu me dis tout.

La vieille, qui tamponne sa lèvre d'un mouchoir crasseux, regarde alternativement les deux hommes. Bleu d'acier ou noir aigu, leurs regards la terrifient autant l'un que l'autre. Alors elle parle, sans s'arrêter. C'est comme une cuve débondée, à croire qu'elle n'en finira jamais. Oui, elles étaient deux. La brunette se nommait Marion. Oui, elles tapinaient le soir aux Innocents. Quand les bourgeois riches cherchaient deux filles, Margot emmenait toujours sa compagne. Son air angélique faisait merveille. Oui, elles rentraient parfois avec des pièces d'or, mais c'était en général pour qu'elles ne parlent pas quand on les avait battues. Non, elles ne faisaient pas chanter les clients. C'étaient des filles propres... Oui, elles avaient peur parfois, mais elles y allaient quand même, à cause de l'or... Non, la vieille Isabeau ne sait pas d'où vient la pièce persane...

De ruelle en rue ils reviennent à la lumière.

L'Écrivain soupire. L'antre de cette sorcière l'oppressait. A son côté, le Manchot reste silencieux.

– Je perds la main, dit-il. Cette truie m'a mené par le nez et je n'ai rien vu ! Au fait, prends ces trois écus pour tes frais et rappelle-toi que je veux le coupable... pour l'exemple.

– Reprends celle-ci, répond l'Écrivain en lui rendant une des pièces, et confie-moi la pièce persane.

Dame Catherine pense souvent à cet homme mince aux yeux de braise qu'un soir de folie elle a accueilli dans son lit. Elle y pense trop ! Ça n'était qu'une aventure. Elle s'est raconté des histoires. Il a dû oublier jusqu'à la couleur de ses yeux.

Elle vient de laver le pavé rougeâtre de son auberge. En nage, elle soupire et se prend à rêver de dîneurs qui ne jetteraient pas par terre les morceaux de gras et les os de volaille. Elle se secoue. Qu'en feraient-ils ? D'où lui vient cette pensée bizarre ? Du manant au prince, tout le monde crache ses déchets par terre, pour les chiens ou les poules. Elle met le nez dehors pour se reposer. Un aveugle qui passait dans la rue s'arrête net puis, comme s'il l'avait vue, s'approche. Du bout de son balai, elle le repousse sans méchanceté.

– Passe ton chemin, faux aveugle. Tu vas faire fuir les clients.

L'Écrivain s'écarte, une écharde dans le cœur,

puis il se reprend. Elle a bien vu qu'il n'était pas aveugle, et somme toute ne l'a pas vraiment maltraité. En tout cas, elle ne l'a pas reconnu.

Sa route le mène devant la maison de maître Jean Augier. Il vient vérifier quelques hypothèses. Il s'assied par terre et attend. Pas longtemps. Arrive un estropié à béquilles qui progresse péniblement sur deux jambes de bois. Étrange appareillage. Les jambes de l'homme sont entières mais restent pliées aux genoux où sont fixés des pilons. Ou bien on l'a « questionné » et les brodequins lui ont écrasé les articulations, ou bien il simule. Difficile à savoir. Un jeune costaud à l'air particulièrement abruti l'accompagne.

– Tu t'en vas ou tu goûteras de ma lame. C'est mon territoire ici, grogne l'estropié.

L'Écrivain réfléchit : s'il veut rester il doit les apprivoiser.

– Je suis nouveau, dit-il, en tournant la tête comme s'il cherchait d'où vient la voix, Je ne savais pas. Écoute, je suis bien là et j'attends quelqu'un, alors dis-moi ton prix.

– Pas moins d'une pièce d'argent par jour.

– Le denier * douze de ma récolte, proteste l'Écrivain qui connaît les usages.

– Tu te moques. Tu veux que Guillaume, qui est un bon fils, te corrige pour t'apprendre à te moquer de son père.

La brute serre ses gros poings avec un sourire

niais. Un coup de savate dans le ventre, ou un peu en dessous, et le bravache se vautrerait dans la fange du caniveau. Mais on n'en est pas là.

– Une dîme et demie, marchande l'Écrivain, pas un sou de plus.

– Au moins la moitié, grogne l'estropié.

Ils négocient au tiers et les deux hommes s'en vont. Alors il observe la maison. Balançant deux paniers vides, il voit sortir la gouvernante, cette grande femme osseuse d'une bonne quarantaine d'années qui naguère avait refusé de lui ouvrir et qui précédait le banquier dans l'église. Elle doit savoir tout ce qu'il souhaite connaître mais qu'est-ce qui pourrait l'amener à parler ? Elle se cache derrière le visage granitique de ceux qui ont appris à nier la souffrance, la leur et celle des autres. Elle revient plus tard avec des provisions. Fait-elle aussi la cuisine, ou bien dirige-t-elle des domestiques ?

Maître Jean Augier n'est pas sorti. Mais, en fin de journée, arrive un groupe de cinq personnes. Un bourgeois en pelisse accompagné de quatre hommes vêtus de surcots de cuir épais, de chausses solides et de bottes souples. Chacun d'eux tient à la main un fort bâton et leurs yeux furètent dans tous les coins : des gardes du corps. Ils entrent chez le financier, sauf un qui reste en sentinelle, et ressortent bientôt. Un moment plus tard ils reviennent, escortant un autre bourgeois. Comme son collègue, il serre sur son cœur un sac de cuir, relié par une chaîne à sa ceinture : les tenanciers des boutiques de change du banquier évidemment. Ils rapportent leurs fonds et leurs comptes. Un détail attire l'œil du faux aveugle sur les bâtons des gardes qu'il reconnaît : une pression sur un ressort caché et le bout s'escamote, mettant à nu une pointe tranchante. Maniés par des hommes entraînés, ils permettent d'affronter une épée. Naturellement ils sont interdits en ville mais ils sont si discrets que peu de gens les repèrent, et quel argousin informé oserait les remarquer chez les sbires d'un puissant argentier ! Ils repartent, ceux-là, et reviennent bientôt pour la troisième fois. Le dernier changeur intéresse vivement l'observateur embusqué derrière la gaze de son bandeau. Il est plus âgé que les deux précédents. La couperose brouille son teint pâle, et son embonpoint flasque évoque l'abandon. Celui-là boit trop... et pas en gai luron. Quelques pichets le rendront bavard.

Quand le groupe s'en va, le faux aveugle, courbé et misérable, les suit et, au premier coin de rue, se trouve face aux deux malandrins du matin. La jeune brute exhibe un couteau tandis que l'autre ricane :

– Ce n'est point le tiers mais tout ton argent que tu vas nous donner pour t'apprendre à t'ensauver !

Il les avait oubliés, ceux-là. Croient-ils à sa

cécité ? En tout cas, ils ne se méfient pas assez. L'Écrivain agit sans attendre : son pied droit percute le bas-ventre de la jeune brute qui se tasse en couinant tandis que son bâton d'aveugle fauche les béquilles de l'estropié qui se retrouve à plat ventre. L'Écrivain a repris sa marche hésitante d'aveugle, mais de façon si véloce qu'un bachelier * goguenard le félicite « pour ce que le bout de sa trique voit mieux qu'une chouette la nuit ». L'estropié, qui braille comme un goret qu'on égorge, n'arrive pas à se relever, ce qui tend à prouver qu'il n'est pas un simulateur mais un malhonnête homme justement questionné : on n'exige pas le tout quand on est convenu du tiers ! Conscient de sa mauvaise foi, le faux aveugle fouille ses hardes et palpe sa recette : de quoi manger une soupe et dormir dans le foin, c'est tout. Sans à-côtés, l'état de mendiant ne nourrit pas son homme.

Par chance, il n'a pas perdu les cinq hommes. Arrivés à l'échoppe du changeur, située, comme il se doit, sur le Grand-Pont *, les gardes se saluent brièvement et chacun part de son côté.

Vautré sur le pavé humide dans le décrochement d'une maison, l'Écrivain a froid. Mais son expérience du jour lui suffit : la cohue du Grand-Pont en fait une richesse telle que les places de mendiant doivent s'y négocier à coups d'écu ou de dague. En simulant le sommeil, il ne risque rien. Il attend peu. Le temps de boucler son échoppe et le changeur s'en va.

Il marche d'un pas lourd sans se douter qu'il est suivi. Devant « L'Écu d'or » il s'arrête, hésite puis, comme quelqu'un qui se jette à l'eau, pousse la porte du tripot. Collant l'œil à la devanture en vitrail clair, le faux mendiant le voit se diriger vers l'arrière-salle. Un joueur !

Il lui a fallu une grande heure pour rentrer se changer. Il a soigneusement inspecté les alentours avant d'ouvrir sa porte et d'enfiler son meilleur pourpoint et des chausses neuves. Des bottes fines et un chapeau à bec et à plume complètent sa mise. A même sa peau il a caché sa dague noire.

A vingt pas de là, Simon Piedvache ne décolère pas. Le Sénéchal son maître, sous couvert d'une inspection des sergents de la porte Bordelle, lui a ordonné de surveiller la maison de l'écrivain public. Il va passer une nuit blanche pour rien. Un renard comme ce grand noiraud n'aura jamais l'imprudence de revenir. Il jette un regard vindicatif à cette misérable masure et ses yeux s'écarquillent : son gibier en sort furtivement. Il s'y attendait si peu que son arbalète n'est pas bandée. Le temps qu'il l'arme et l'homme a disparu.

L'Écrivain a marché vite jusqu'à « L'Écu d'or ». Comme toujours, du seuil de la salle de jeu, il observe l'assemblée. Il sursaute en reconnaissant dans le changeur cet homme au regard éteint que le jeu rallumait et dont le désespoir l'avait si profondément ému lors de sa précédente visite. Hors de la pénombre chaude du tripot, il ne l'avait pas reconnu.

Assis en retrait à siroter du vin épicé, l'Écrivain l'observe : comme l'autre jour il perd. Plus de dix pièces d'argent en une demi-heure, c'est énorme. Et il continue à perdre. D'ou vient son argent ? Gruge-t-il Jean Augier ? Peu probable : tous les jours il lui rend des comptes exacts et le banquier lui-même doit payer régulièrement la taxe sur les changes, car on ne triche pas avec la Cour * des aides, c'est beaucoup trop dangereux. Donc le gros homme a une autre source de revenus. Changer l'or volé des tire-laine, par exemple. C'est illégal mais très rentable, et il est parfaitement placé pour ce genre de besogne. A l'abri de la comptabilité qu'il remet à son maître, le changeur traficote. Bien entendu, il ne paie aucune taxe sur ses opérations occultes. Beau levier pour le confesser.

L'Écrivain médite son plan d'attaque. Justement, son gibier, inquiet de voir son adversaire ramasser ses mises, tente de le retenir. Mais l'autre se lève, le privant de la mythique chance de se refaire. Sans hésiter, l'Écrivain le remplace. Il joue petit mais gagne cinq fois de suite. A chaque perte, le changeur boit son gobelet de vin que remplit aussitôt l'aide du tenancier. On joue gros jeu à la table voisine et personne ne leur prête attention. Alors, calmement, l'Écrivain s'adresse à son adversaire de plus en plus soupçonneux :

– Bien sûr que je triche, mais beaucoup moins que toi qui gagnes à tout coup la taxe sur le change.

Le gros homme se fige et de pâle devient blafard. Souhaitant pousser son avantage, l'Écrivain jette sur le tapis la pièce persane.

– Me changerais-tu celle-là ? demande-t-il benoîtement.

Le changeur s'en saisit, l'observe mais ne manifeste rien. Dépité, l'Écrivain jure en lui-même tandis qu'il empoigne le cruchon de vin et en sert une large rasade à son vis-à-vis que ce geste rassérène quelque peu.

– Elles sont rares à Paris et peu prisées, répond-il enfin, car leur teneur en métal précieux est faible. Mais tu ne m'agresses pas ainsi simplement pour me demander mon avis sur cette pièce ! Que veux-tu ?

– D'abord du vin que nous boirons ensemble, puis quelques petits renseignements.

14

Disparitions

Le vin ? La peur ? Plutôt un étrange soulagement. L'Écrivain écoute de toutes ses oreilles une longue histoire tragique qui commence vingt ans avant...

Quand le changeur se tait, il a le cœur serré.

– Et vous ne voulez pas que justice vous soit rendue ?

– C'est si loin, tout ça... Il n'est pas bon de réveiller les morts.

Ce passé est fort triste mais en quoi concerne-t-il sa quête ? Le grand homme brun regarde sans rien dire le changeur qui se dirige lourdement vers la porte... Sur une impulsion, il décide de le suivre. Le temps de ramasser ses mises et de payer les boissons et l'homme s'est fondu dans la nuit. Alors il court et la chance lui sourit. Passé le coin, il l'aperçoit, le rattrape.

– Écoute, dit-il d'une basse grondante. J'ai besoin de toi !

La voix sourde, le tutoiement impérieux écrasent

un peu plus l'homme las qui semble se tasser. Conscient d'être allé trop loin, l'Écrivain plaide en marchant. Plus question de chantage mais de requête, presque de supplique. Quand ils se séparent, il regarde son compagnon s'éloigner, il lui semble plus droit, plus vif. La nuit empêche de voir le sourire doux-amer qui naît sur ses lèvres.

L'Écrivain marche vite car, même à midi, le froid pince. Rue de la Harpe, il tourne à droite vers les étuves. Après le gel de cette queue d'hiver, la moiteur l'étouffe. A la tenancière maquillée qui l'accueille, il réclame la rousse. Le sourire complaisant qui naît sur son visage mafflu lui déplaît mais il sait se taire. Une bouffée de vapeur masque la porte qui s'ouvre et, comme une apparition, se matérialise la belle fille en robe légère. Elle le regarde sans plaisir. Le remords d'être parti sans même s'enquérir de son nom monte en lui. Elle ne méritait pas d'être traitée comme une fille publique.

– J'ai un cadeau pour toi, dit-il d'une voix douce. Pour ton trousseau.

Fouillant ses chausses, il sort une pièce d'argent. La fille hésite, le regarde, prend la pièce d'un geste décidé.

– C'est pour la fête, poursuit-il gauchement. Je

n'ai su qu'après combien elle m'avait fait du bien. Tu comprends ?

Elle reste sur sa réserve. Il faut en finir, sinon elle refusera de parler.

– Parle-moi des filles qui ont disparu, dit-il tout à trac.

Elle sursaute, esquisse un mouvement de fuite. Il la retient par la main.

– Pas tout de suite, s'exclame-t-il, alarmé. Écoute-moi d'abord : j'avais un chat roux...

Ils se sont assis sur des chaises à trois pieds dans la petite salle basse où elle l'a conduit. Penchée vers l'avant, exhibant naïvement la naissance de ses seins ronds, le visage tendu vers lui, elle l'écoute, les yeux pleins d'effroi. La moitié de lui-même s'émeut de son éclat juvénile, l'autre est noyée dans le drame qu'il évoque. Quand il se tait, elle le regarde longuement puis, la voix hésitante, parle à son tour...

Quand la tenancière les interrompt pour lui rappeler son ouvrage d'un ton rogue, elle dit simplement :

– Il... Il va retrouver les filles...

L'Écrivain est fatigué. Il a traqué tout l'après-midi les fantômes des disparues et n'a recueilli que quelques détails peu convaincants. Le couvre-feu va bientôt sonner et il lui reste une ultime piste mais il n'y croit guère : les maquereaux parlent rarement sans une sévère correction qu'il n'a ni le pouvoir ni l'envie d'infliger.

Une maison étroite et neuve. Les colombages de bois blond, le torchis chaulé de blanc et les tuiles plates brun vif lui donnent fière allure, même si la rue étroite empêche de la bien voir.

Il s'est à peine arrêté qu'en surgit une femme en noir :

– Cherchez-vous un beau logement, messire ?

– La grand merci, commère, mais je souhaiterais plutôt voir un de vos locataires, le sieur...

Lui coupant la parole, elle cite le nom qu'il cherchait et poursuit :

– Vous êtes le chirurgien, hein. Il était temps.

Il opine prudemment...

Suivant la logeuse qui tient un quinquet, il monte l'escalier raide qui mène aux étages. La femme pousse une porte, le laisse passer. L'oblique du toit lui fait courber la tête. Sur un coffre, une chandelle de suif pue et charbonne. La lueur jaunâtre éclaire vaguement une silhouette alitée.

– Un bon à rien, toujours à boire et à se battre, grommelle la femme. Il a pris un coup d'épée et voilà. Il m'a payé son terme, messire, sinon je l'aurais jeté dehors.

Elle poursuit son commentaire malveillant tandis qu'il s'approche, écarte le drap et grimace. De la cuisse du blessé empaquetée dans une charpie souillée, émane un remugle douceâtre. L'Écrivain commence à regretter sa duplicité : jouer le chirurgien en face d'un moribond... Il pose la main sur le front du patient. Une fièvre de cheval ! Ses derniers doutes disparaissent. La gangrène le dévore.

– Pensez-vous qu'il va passer ?

La femme, toujours...

– Il faut l'emmener à l'Hôtel-Dieu, répond-il.

– Non, non, geint le malade. Le prévôt y fait chercher les navrés *. On les pend avant même qu'ils soient guéris...

– Entendu, dit l'Écrivain. Dame, ta logeuse va courir chez l'apothicaire pour y quérir une certaine drogue que je vais lui dire. Elle calmera ta douleur et ta fièvre. As-tu quelque argent ?

A gestes lents, le malade fouille sous son oreiller et en tire une bourse dont il peine à dénouer le lacet. Il y puise une petite pièce d'argent qu'il tend d'une main tremblante.

– Ce n'est point assez, compère, dit l'Écrivain qui, sans vergogne, prend la bourse et la fouille sous le regard meurtrier du gisant.

Il en extrait cinq pièces d'or qu'il inspecte : de banals écus à l'effigie du roi Charles VI. Le blessé s'agite à le voir faire, quant à la logeuse elle ouvre des yeux rapaces et sa forte poitrine palpite d'une brutale émotion. Quand il remet les pièces, tous deux, rassurés, soupirent à l'unisson. Alors il prend un gros sou d'argent et le confie à la logeuse qui s'en va.

Un instant il joue avec la bourse sous le regard inquiet du blessé puis la pose dans sa main moite.

– Tu connais Sylvain le Manchot ? questionne-t-il. Il m'a demandé d'aller te voir dès qu'il t'a su blessé. Mais il voudrait connaître quelques détails... Une fille que tu protégeais a disparu. Une des siennes aussi, qu'on a retrouvée morte. Il veut la peau de l'assassin... Tu sais sans doute quelque chose.

Le moribond hésite. Les yeux de l'Écrivain se plissent. Il veut savoir et il saura !

– La potion que j'ai envoyé chercher calmera ta douleur et ta fièvre. Elle vient du lointain Orient et fait des miracles. Sans elle, tu souffriras de plus en plus... Si je pose simplement ma main sur ta jambe...

– Non, non, gémit l'autre.

Ses yeux exorbités fixent avec horreur la main qui avance.

L'Écrivain tire à lui l'unique tabouret de la pièce, s'installe. Le maquereau sent bien qu'il ne lui échappera pas. Alors il soupire et commence à parler.

Penché sur le blessé, l'Écrivain écoute sa voix faible...

Elle s'appelait Clothilde. Un nom désuet qui lui plaisait. Il l'avait lu dans un livre lorsqu'il était escolier avant de tourner mal et de vivre des filles... Elle vendait son devant en bord de Seine, là où les bateliers amarrent leurs chalands. Comment elle était ? Une femme faite, dix-huit ans aux cerises.

Une belle fille au visage doux. Elle avait un enfançon en nourrice, une fille. Des yeux verts, de très beaux yeux verts et des boucles châtain clair... Il l'a regrettée car elle était vaillante... Un bourgeois riche payait en or. Mais la fille revenait avec des ecchymoses et ne voulait jamais dire ce qui s'était passé. On l'abordait dans la rue et elle y retournait, à cause de l'or... Elle a disparu quai au Foin. Il l'a recherchée mais les mauvais garçons, qui d'habitude savent tout, n'avaient rien pu, ou voulu dire... Le Pape de la nuit ? Il ne s'occupe pas des filles. Ce n'est pas son négoce, ni même son goût... Un jour, on lui a dit que cette recherche finirait par lui nuire gravement tandis que, s'il se montrait raisonnable... Il a accepté. Plus tard, un gamin l'a abordé pour lui donner un petit sac contenant cinq pièces d'or. Un prix médiocre pour une gagneuse, mais un prix tout de même... Des pièces bizarres ? L'Écrivain ne les a-t-il pas lui-même inspectées puisqu'elles sont toujours dans sa bourse...

Ils s'interrompent. La logeuse revient avec le médicament. L'Écrivain ouvre le petit paquet : des grains brunâtres un peu collants. Il approuve d'un mouvement de main.

– Va chercher de l'eau bouillante et un bol, dit-il à la femme, mais d'abord rends-moi la monnaie.

La femme s'exécute avec un énorme soupir. Dès qu'elle est partie, l'interrogatoire reprend.

– Qui t'a ordonné d'arrêter les recherches ?

– Je ne peux pas le dire, il me tuerait. Il me l'a dit et il le ferait !

L'Écrivain n'a plus le temps. Alors il donne un simple coup d'index à la cuisse malade. Le maquereau hurle. Son visage blême se couvre de mauvaise sueur. Il halète.

– Qui ?

– Je ne le connais pas, je ne l'avais jamais vu...

Exaspéré autant par sa propre cruauté que par la veulerie de l'ancien étudiant qui vend les filles comme du bétail, il lève une main menaçante.

– C'est un maigre fluet mais un maître du couteau, dit le blessé très vite, Il paraît qu'il travaille pour le prévôt de Paris...

– Merci, dit l'Écrivain qui se lève et ouvre la porte à la femme qui monte pesamment l'escalier.

La décoction d'opium dégage une entêtante odeur de terre. L'Écrivain en absorbe quelques gouttes qu'il fait rouler sous sa langue. Il hoche la tête et en fait boire un grand bol au malade qui très vite se calme.

– J'ai sommeil, dit-il, bientôt apaisé.

Assis au chevet du blessé, l'Écrivain réfléchit. Les disparues racolaient à proximité de la demeure du financier. La veille de sa disparition, l'une d'elles avait parlé à une compagne d'une grande femme osseuse et grise qui payait en or... Très jeunes, brunes ou châtain, yeux clairs, corps épanouis... Il fronce les sourcils, quelque chose l'intrigue.

Qu'avaient en commun ces femmes, ces filles plutôt ? De belles filles jeunes aux traits doux... Des visages juvéniles, évidemment. Un corps de femme mais aussi une apparence d'enfance indispensable au maniaque ! Malgré l'exaltation de sa découverte, il demeure impassible... Dans la pénombre de cette mansarde chaude, sa pensée dérive... La nommée Clothilde avait une petite fille... La nourrice brusquement a cessé de recevoir sa pension. Une bouche gratuite à nourrir ? C'est lourd. On a dû l'abandonner devant une église ou au coin d'un bois. Au mieux, elle finira putain comme sa maman... Il regarde le moribond sans aménité. Il aura une mort calme grâce à l'opium, mais nul ne le regrettera.

La chandelle grésille et baisse. Un mouvement sur sa gauche. La logeuse aussi est restée. Il l'avait oubliée celle-là. Elle attend avec une patience d'araignée. L'Écrivain sourit en lui-même. Il feint l'assoupissement. Alors la femme se lève, s'approche du blessé, replace son oreiller, remonte ses couvertures.

– Il dort, dit-elle, il faut le laisser reposer.

La douceur de sa voix confirme ses soupçons. Il se lève et la suit. En bas, il se tourne vers elle et, d'un geste preste, rafle la bourse du maquereau qu'elle a cachée sous sa blouse.

– Tsss, je gère les fonds. Tu lui redonneras de la potion chaque fois qu'il recommencera à souffrir.

Je repasserai demain prendre de ses nouvelles et te payer des frais raisonnables.

Il s'en va, poursuivi par un regard venimeux. Il n'est pas très fier de lui, mais l'idée que cette mégère vole le maquereau l'agaçait. Au moins lui donnera-t-elle de la drogue jusqu'à sa mort prochaine, dans l'espoir de la rémunération promise. Elle ne finira probablement pas les quatre onces qu'il lui a fait acheter...

15

Campagne

– Ah, te voilà ! soupire le Manchot. J'ai eu peur. Ta maison est toujours surveillée, tu sais.

– Les Coquilllards sont revenus ? demande l'Écrivain, essoufflé par sa marche rapide.

– Non. Un sergent, un gars trapu à l'air rogue. On le connaît : c'est Simon Piedvache, l'homme de main du « Sénéchal ». Alors où en es-tu ?

Il fait part de ses recherches au Manchot. Ces filles peu farouches aux visages enfantins ont-elles été victimes d'un même individu...

– Ça se pourrait. Et cet homme maigre qui a indemnisé ton houlier, tu as une idée ?

– Non, dit l'Écrivain. Je pensais que toi ou tes gens auraient peut-être une idée.

Le Manchot hoche la tête et se lève.

– Par ici tout le monde, hurle-t-il.

Il en sort de partout. L'Écrivain ignorait qu'ils logeaient à trente dans cette cave obscure, puis il repère des couloirs : il y a d'autres salles, évidemment !

– Vous connaissez tous l'écrivain public de la porte Bordelle, clame Sylvain, vous savez qu'il cherche l'assassin de la petite Margot ! Il a besoin de votre aide pour identifier un suspect.

Un brouhaha est né.

– Vous m'écoutez ?

– On t'écoute, crie une voix. A quoi ressemble-t-il ?

Le Manchot pousse du coude l'Écrivain qui se lève.

– C'est un homme maigre d'une quarantaine d'années qui travaillerait pour le prévôt de Paris. Un indicateur, sans doute... Il paraît que c'est un maître du couteau.

– Pas la peine de chercher, clame une voix. C'est la Belette.

– Sûrement, renchérit quelqu'un. Il en a saigné plus d'un avec son petit poignard.

– Même qu'il s'habille en rouge pour qu'on ne voie pas les taches de sang qui risquent de gicler. Mais attention ! Il est méfiant et rapide. En plus, il a des relations partout. Il rend des services à tout l'échevinage. Des services discrets, s'entend... il ne « fait plus la rue »...

L'homme au pourpoint rouge ! Comment n'y a-t-il pas songé ! Alors la grande femme osseuse et grise, c'est la gouvernante du banquier, celle qu'il a vue quand il jouait les mendiants aveugles. L'Écrivain a pâli. Malgré la pauvre lumière des torches, Sylvain l'a remarqué.

– A voir ta tête c'est bien lui, affirme-t-il.

L'Écrivain se rassied et reste songeur. Ou bien il ne comprend plus rien, ou bien il comprend trop bien... En tout état de cause, sa quête, sa quête personnelle, garde tout son mystère. Le Manchot assis à son côté respecte son silence, puis questionne :

– Et maintenant ?

– Tu sais comment sortir de la ville et y rentrer sans ennui ?

– Regarde-moi... Enlève ton chapeau... Oui, parfait.. L'habit ne fait pas le moine, tu sais, mais ça aide, ça aide.

Le capucin long et maigre qui, les yeux modestement baissés, passe la porte Bordelle ce matin-là n'intéresse en rien Simon Piedvache qui observe la place. Il ignore sa chance, celui-là, car, sous les larges manches du froc, les grandes mains de l'Écrivain serrent une dague noire prête à frapper.

Tandis qu'il s'éloigne sur la route, il prend conscience qu'il a quitté la ville par cette porte-là non par choix du plus court chemin, mais par défi envers le sergent assassin qui surveille sa maison. Il souhaitait simplement une bonne raison de le daguer, car il sait bien que c'est lui qui a tué la petite. Il sait aussi que cette brute le tuerait sans remords s'il le pouvait. Lui, le fou assagi par ses dix ans d'errance, se sent avide du sang de l'ennemi. Il se calme doucement. Il n'est pas une bête. L'esprit a dominé la force brutale, mais cette victoire a un goût amer...

Le Sénéchal se réveille de fort méchante humeur. L'insomnie a rongé sa nuit mais lui a apporté une certitude : le gros Faber le vole. Il l'assure que sa part s'accroît, que l'or rentrera dès que toutes les bêtes auront été vendues, qu'il faut être patient. En fait, il l'endort.

Dès que Simon son valet d'armes rentre de sa garde, tous deux sortent dans le petit matin.

Le vase de nuit merdeux qu'on lui verse sur la tête n'améliore pas son humeur. Et comme il vocifère et menace, la ménagère qui balançait comme tout le monde et comme tous les matins ses ordures par la fenêtre ironise :

– Voyez ce niquedouille qui marche le long des murs. Il a appris ce jour qu'au matin mieux vaut la fange du caniveau que le haut du pavé. Encore un provincial qui découvre la grand'ville !

Ivre de rage, le Sénéchal torche son habit souillé d'un revers de son gant et dit entre ses dents :

– Ton arbalète.

Le valet d'armes hésite puis lui tend l'arme.

Sûre de l'impunité que lui donnent ses deux toises d'altitude, la mégère ricane ; elle s'étrangle lorsqu'elle voit l'arme se dresser et recule si vivement qu'on entend un grand bruit de vaisselle renversée.

Ils ont repris leur route. Incommodé par le remugle de son maître, le valet d'armes fronce son nez... qui éclate sous le méchant direct du Sénéchal vexé. Bref, à son arrivée au collège de Navarre, le chevalier au médaillon qui pue abominablement, comme son assistant au nez tuméfié, est d'humeur à réclamer vigoureusement une créance...

Le départ de ses visiteurs imprévus laisse le gros Faber pantelant. De sa vie il n'a été battu à ce point. Le Sénéchal a réclamé son argent, tout son argent. Comme d'habitude, le clerc a entrepris de le calmer par force cajoleries et promesses. Le premier coup l'a plié en deux. Il ne s'est plus relevé. Méthodiquement, professionnellement, Simon Piedvache l'a frappé sans arrêt. Des coups à main plate ou du bout des doigts raidis, d'une force tout à fait modérée, mais partout où ça fait mal. Au premier cri ils l'ont bâillonné avec son propre linge. Ils l'ont rossé un grand quart d'heure, puis lui ont ôté son bâillon et le Sénéchal a dit tranquillement :

– Je veux pour demain à l'aube les huit cents

écus de ma part plus deux cents autres dont je te mets à l'amende pour avoir songé à me gruger. Faute de quoi ta panse sera crevée d'un carreau d'arbalète avant la nuit tombée. Mon valet que voilà – il désigne son compagnon – est d'une grande adresse avec cette arme. Il pourrait te percer ici même depuis la fenêtre là-bas.

Simon l'archer a opiné avec un sourire niais en montrant la lucarne d'une maison à plus de cent toises de là... Puis ils l'ont pris chacun sous un bras et l'ont gentiment assis sur sa cathèdre garnie de coussins qui, pour l'heure, lui apportent le moelleux de sacs de cailloux. Quand la porte s'est ouverte sur leur passage, Gaspard, son domestique, les a salués avec le plus profond respect. Le gros Faber n'a pas même eu la force de le gifler tant son cœur cognait.

Quand enfin il se sent un peu mieux, il fait chercher une voiture fermée, y monte péniblement et s'en va. Il y a des décisions qu'il faut immédiatement mettre en œuvre...

« Le fils de Jean Augier ? Il vit dans sa "maison des champs", dans le village de Sceaux à deux heures de cheval... » a dit le notaire qu'il était allé questionner.

Sur la hauteur devant lui, la bourgade se serre autour de son église. Une palissade de pieux à demi démolie l'entoure. Pour la protéger de qui ? Les soldats sont déjà là. Il contemple leurs allées et venues, observe leur parc à chevaux. Une trentaine d'hommes. Beaucoup circulent sans armes et la population vaque normalement à ses occupations. Une troupe en garnison...

L'Écrivain repère immédiatement les tuiles rouges d'un petit castel qui tranche sur le chaume gris des masures. Carré et crénelé, il doit pouvoir résister à une bande de brigands : au rez-de-chaussée une seule porte ouvre sur l'extérieur tandis qu'à l'étage les étroites fenêtres sont protégées par des volets percés de meurtrières. La maison du maître changeur, évidemment. Il plisse les yeux, met sa main en visière pour se protéger du soleil de midi, scrute la bâtisse. Aucune trace d'incendie ; ni portes ni fenêtres brisées. Le castel n'a pas souffert : quelqu'un a dû payer l'impôt aux Bourguignons. L'Écrivain grimace. Ça veut dire que le fils du maître changeur est bien là, ce qui ruine l'échafaudage savant de ses déductions. Il doit quand même vérifier. Après tout, c'est l'heure de la soupe, et un moine mendiant mange mal en ces temps misérables où la charité est chiche, mais il mange

A l'entrée du village, une sentinelle zélée l'interpelle. Il la regarde droit dans les yeux, prononce d'une voix sévère une formule latine et tend vigoureusement sa main en conque sous le nez du soudard.

– La charité par les plaies du Christ, exige-t-il.

– Au château là-bas, dit très vite le garde inquiet, demande monseigneur Aignan. C'est lui le chef ici, et il s'écarte.

L'Écrivain passe et ne se retourne pas. La domination de la parole sur la force le réjouit toujours. Si elle ne frappe pas tout de suite, la soldatesque cède toujours aux religieux ! Certes, la mort n'est pas drôle mais on la connaît, tandis que la damnation... Et qui dialogue avec l'au-delà ?

Il monte vers le petit château en réfléchissant. Il y arrive quand en sort une vieille vindicative qui vocifère des anathèmes.

– Messire Augier sera furieux. Furieux ! conclut-elle. Il connaît le duc Jean sans Peur ! Même qu'il lui prête des écus. Oui, monsieur ! Et je le dirai à ton maître qui te fera fouetter.

– Attends, vieille truie, que je te coupe les oreilles, braille le cuisinier qui jaillit à sa suite, un coutelas considérable à la main.

– Pose ton couteau, mon fils, et retourne à tes fourneaux, tonne l'Écrivain qui s'interpose. Et toi, ma fille, calme-toi.

Une fois de plus l'habit fait le moine et les protagonistes obtempèrent.

– Suis-moi, femme, poursuit-il.

Intimidée, elle obéit. Quand ils sont hors de vue, il lui dit :

– Raconte-moi ton histoire, ça te fera du bien.

La chaumière au sol de terre battue sent le purin et la fiente de volaille. La vieille chasse une poule d'un tabouret qu'elle torche d'une poignée de paille et le désigne au capucin qui s'y assied sans façon.

Le silence s'installe, alors l'Écrivain parle :

– J'ai croisé il y a longtemps messire Augier l'argentier. Cet homme généreux m'avait donné un demi-marc d'argent pour mon ordre... Il se faisait du souci pour son fils...

Sans se compromettre, la vieille grommelle :

– Pour sûr, c'est un bon maître...

– Mais son fils vous maltraite. C'est pas bien de faire chasser ainsi une vieille amie, hasarde-t-il.

– Son fils ? Mais il est à Paris, Dieu merci !

Le cri du cœur. Le faux capucin a un sourire rentré : ses hypothèses sont peut-être exactes, finalement.

– Qui vous chassait comme ça ?

– C'est ce chevalier et ses hommes ! Ils vont tout déménager dans la maison. Ça leur suffit pas de réquisitionner vaches et bœufs et de les payer une misère. Parce que le duc n'a plus d'écus depuis que l'Armagnac l'a chassé de Paris, les paysans doivent payer. C'est une honte !

Tout cela est diablement intéressant. Une dernière hypothèse à vérifier :

– Ainsi, ce chevalier « déprofite » le bien de maître Augier !

– Il n'oserait pas, vu que c'est son cousin !

– Son cousin, vous lui connaissiez un cousin, vous ?

– En tout cas, c'est ce qu'il a dit, et il avait une lettre de lui.

– Tu sais donc lire, commère ?

– Que non point mais elle porte son sceau, et je le connais son sceau !

L'Écrivain décide de pousser son avantage. Certes la vieille est méfiante mais elle cède à chaque provocation. Il affirme benoîtement :

– Donc il a fait partir les bêtes vers Étampes, une centaine de bêtes...

– Pas vers Étampes, vers Paris. Pour les troupes des villages de Montrouge et de Cachan. Mais que vous importe qui mangera les vaches qu'il a volées ?... Vous êtes bien curieux, messire moine ! se rebiffe-t-elle, consciente sans doute d'en avoir trop dit.

Il s'y attendait. Avec un air gentiment penaud, il se penche vers elle, complice :

– Chut, ma commère, mon ordre aussi souffre de cette saisie de bétail. J'enquête discrètement, tu comprends ?

Il est temps de partir. Si la vieille se met à brailler, la troupe qui traîne alentour lui fera un mauvais sort. Il lui faut une parade, et vite. Tout à l'heure il a ostensiblement louché vers le pain sur le coffre, la vieille l'a bien vu qui a vite détourné les yeux. Sa pingrerie va le protéger.

– Ma commère, chuchote-t-il, je reviendrai demain avec notre économe. C'est lui qui gère nos biens. Tâche d'apprendre le maximum de choses et nous serons généreux. Un ou même deux écus ne sont pas à dédaigner, n'est-ce pas ?

Après un salut plein de componction, il prend congé. Elle le suit du regard avec l'œil rond et cruel d'une poule.

Il marche vite. Il a un doute : méfiance contre appât du gain, lequel l'emportera dans l'esprit de la vieille ? La perspective de deux écus devrait retarder les soupçons d'une heure au moins, mais sait-on jamais. Il a hâte maintenant de regagner Paris. Au bout d'une lieue * il se détend un peu. Par prudence, il n'a pris que des routes de traverse. Des cavaliers pressés sont passés au loin. Pour lui ? Sans doute pas, mais il préfère éviter leurs questions.

Le soleil de fin d'après-midi est presque printanier et il a surpris un perce-neige précoce en lisière du bois. Il respire à pleins poumons, profitant pleinement de la détente de cette marche dans l'air vif.

Puis de nouveau son enquête resurgit. Elle l'oppresse soudain. On a tué de pauvres filles simplement parce qu'elles gardaient des allures d'enfance... C'est l'œuvre d'un maniaque, d'un misérable fou... Quel rapport existe-t-il, existe-t-il seulement un rapport avec les bêtes malfaisantes qui rôdent alentour : un indicateur sanguinaire, un bourgeois inquiétant, un chevalier sans scrupule, un arbalétrier assassin, un universitaire veule... Son malaise s'installe. Tout d'abord il accuse la faim. Il n'a rien pris depuis l'aube. Faux-fuyant ! La peur lui tord le ventre, instantanée, incontrôlable. On veut sa mort à lui aussi ! On a tenté plusieurs fois de le tuer et on essayera encore. Verra-t-il le printemps ? Pour retrouver son calme, il contemple le ciel, écoute le chuintement du vent dans les grands arbres. Il ne va pas quitter ça. Nul n'a le droit de l'en priver. Il va se défendre, c'est-à-dire attaquer, maintenant. Patiemment, au fil de sa marche, il élabore un plan tordu, digne d'un sorbonnard...

L'Écrivain parcourt la dernière lieue sur le char d'un roulier qui livre des futailles de chêne. Les bœufs marchent à leur rythme immuable, et leur sérénité le rassure. Des cavaliers passent, mais ni le charroi ni ses passagers ne les intéressent.

Bercé par les cahots tranquilles, le faux capucin s'est endormi. Il ne se réveille pas même lors du contrôle des Bourguignons qui, passionnés par la contrebande que pourraient cacher les barriques, ignorent superbement ce moine poussiéreux qui dort paisiblement.

16

Délation

Au tintement de la clochette, le changeur bloque sa balance et repousse un étroit tiroir qui se ferme avec un clic ténu. Puis il se lève et s'avance vers le visiteur qui vient d'entrer dans sa boutique.

– Que puis-je pour vous, messire ?

– Me donner ton avis sur ce parchemin, messire peseur d'or.

D'abord surpris, le changeur reconnaît l'Écrivain...

– Ces chiffres représentent des comptes de marchandises, dit-il à l'examen du document, et non des écritures de change.

– Et pourquoi concernerait-il change ou monnaie ? ironise l'Écrivain. Je ne t'ai encore rien demandé.

– Voyons, tu sais bien qu'il est de la main de maître Jean Augier. Si tu me le montres, c'est pour en vérifier la bonne forme, non ?

– La grand merci, mon ami. C'est tout ce que je voulais savoir.

– Quoi quoi ? bêle l'autre, désorienté.

– Que ces chiffres sont de la main de Jean Augier le banquier. C'est ça qui m'importe car ce parchemin se trouvait en un endroit où il n'eût jamais dû être.

Un peu plus tard, la boutique fermée pour la pause du repas, les deux hommes étudient tranquillement la liasse des comptes saisis dans l'antre du gros Faber. Soudain le changeur rapproche deux parchemins et s'exclame :

– Les sommes correspondent : ici de la main du teneur de comptes, et là de celle de messire Augier. Il est mouillé jusqu'au cou. En voici la preuve formelle.

– En es-tu bien sûr, compère ? insiste l'Écrivain.

– Ça fait trente ans que je fais des comptes et tu oses douter de moi. Ce trafic génère un énorme bénéfice. D'après moi, voilà comment ça se passe...

Les yeux plissés d'attention, l'Écrivain écoute et un sourire dont il n'a pas même conscience naît sur ses lèvres minces.

– Tout est clair, conclut-il quand l'autre a fini de parler. La grand merci. Tu m'apportes plus que je n'espérais.

– Mais de quelles marchandises s'agit-il ? Me le diras-tu, à la fin ! Quelle est cette crapulerie ?

Aucun commerce honnête ne peut faire un tel profit.

– Oublie tout ça, mon ami, pour ta sécurité. Plus tard, quand tout sera fini, je te raconterai...

Le gros homme se rembrunit :

– Tu n'as pas confiance en moi...

Un constat simple et un retour à la normale pour l'homme écrasé. L'Écrivain lève vivement la tête, regarde son interlocuteur. Dans ses yeux, la petite lueur s'est éteinte. Le grand homme maigre en ressent une vraie douleur.

– Il y a des morts dans cette affaire, explique-t-il en ultime défense. On a tenté trois fois de me tuer. Si tu en sais trop, ta vie va être en danger.

Le changeur se redresse et plaide d'une voix vibrante :

– Je suis mort depuis vingt ans. La vérité doit éclater ! Pour moi ce sera la fin du cauchemar, la fin du remords. Je serai... je serai lavé, tu comprends ! Si je meurs pour ça, je mourrai paisible !

L'Écrivain est ému. Très vite, son émotion se mue en angoisse, cette fidèle compagne des dangers montants... Devant cet homme dont il a réveillé l'espoir, c'est lui qui a peur. L'effroi de l'un s'est vidé dans l'autre, enrichissant d'un maillon neuf la chaîne d'une éternelle épouvante. Alors, sans même qu'il l'ait décidé, il parle, pour ne plus être seul, pour partager son absurde idéal de justice. Et au fur et à mesure qu'il parle, son anxiété se calme.

Quand il se tait, le changeur est un autre homme. Son regard se fait malicieux.

– J'ai les clés, dit-il.

– Les clés ? Que veux-tu dire ?

– Pour entrer chez Jean Augier. Je m'en servais il y a vingt ans... Je les ai gardées. C'était idiot, mais je ne pouvais pas m'en défaire...

– Et plus personne ne sait que tu les as. Mais alors...

– Eh oui... conclut le changeur qui sourit. Nous pouvons lui rendre une visite discrète.

L'Écrivain ne répond pas. Tête penchée, la main caressant son menton, il réfléchit.

– Plus tôt que tu ne le penses, conclut-il.

L'Écrivain regarde la Seine où glisse un chaland, puis ses yeux quittent la fenêtre et reviennent à l'écrit rouge. Il y rajoute une phrase, le ferme et le range dans sa besace. Après une ultime hésitation, il regroupe trois petits parchemins qu'il vient de rédiger, se lève, ouvre la porte du réduit où il a écrit, entre dans la boutique, dépose ses missives dans une corbeille, échange un coup d'œil de connivence avec le changeur occupé à peser les thalers d'argent d'un client et sort.

Il respire la rue, son odeur de cuisine et d'ordures, de tanière et de troupeau. Paris la fange. Il a entendu parler des larges conduits souterrains qui, dans l'ancienne Rome, évacuaient les eaux usées et les déjections de la cité entière. Rome ! Un squelette de ville peuplé de ruines incroyablement vieilles. Quand il y a séjourné, quelques années auparavant, les quelques milliers d'habitants se souciaient comme d'une guigne du réseau exemplaire des égouts antiques !

Tandis qu'il descend vers la Seine, il songe qu'au même moment le saute-ruisseau du changeur livre ses messages et qu'ils vont créer quelques surprises.

– Salut, l'Écrivain !

Il se retourne vers une silhouette contrefaite et misérable en qui il finit par reconnaître la grande femme mince rencontrée chez Sylvain. Il hésite puis, d'un geste brusque lui tend sa besace.

– Peux-tu me rendre service ? demande-t-il. Porte-la à Sylvain, il sera quoi en faire.

La femme acquiesce, saisit l'objet qui disparaît sous ses hardes et part d'un pas d'estropié plus vrai que nature. Il la regarde, émerveillé par sa duplicité.

Le quartier des quais est dangereux pour lui. Vêtu comme tout le monde, il est reconnaissable par ses ennemis, de moins en moins inconnus. Mais il n'en pouvait plus d'habiter la peau d'un autre, qu'il soit mendiant ou moine...

C'est l'auberge de Catherine qu'il cherchait. En début d'après-midi, la rue est calme. D'un renfoncement discret, il observe un moment, par prudence. Personne ne le suit, personne ne le guette. Alors il traverse la rue, entre dans l'auberge déserte. La jeune femme lève les yeux de son ouvrage, reconnaît la haute silhouette en contre-jour, sourit et, lui prenant la main, le ramène vers la porte qu'elle verrouille...

Comme d'habitude, la porte Bordelle bourdonne d'activité. Assis sur sa borne familière, le Manchot mendie... et surveille. Tout : son petit-fils qui, anguille dans la foule, coupe de-ci de-là les escarcelles, les gardes de la porte – même si Simon Piedvache n'est plus là – et l'échoppe de l'Écrivain toujours fermée.

Sixième sens ou bruit insolite ? Il tourne brusquement la tête : une douzaine d'archers montés débouchent sur la place. A leur tête, sur un grand rouan, Alphonse d'Amaury, prévôt du Châtelet. Ils descendent de leurs montures, tendent leurs rênes à leurs collègues qui se sont précipités, et s'éparpillent dans la foule. Le mendiant les voit converger discrètement vers l'autre côté de la place. Deux d'entre eux s'adressent au tonnelier qui les écoute avec une courtoisie méfiante. A la fenêtre, sa femme, muette pour une fois, observe d'un œil rond mais s'agite quand il les fait entrer. Deux autres maisons accueillent aussi des hommes en armes. Sylvain remarque que quatre des gardes et le prévôt, vaguement dispersés pour passer inaperçus, attendent à une dizaine de toises des bâtisses. Sur un geste de leur chef, ils foncent sur la porte du serrurier qui reste obstinément fermée. Le prévôt s'énerve, vocifère, demande une hache.

Un mouvement sur la gauche arrête ses cris. Deux gardes sortent d'une des maisons mitoyennes, tenant le serrurier chafouin, un bras tordu dans le dos. Le mendiant a compris. En embuscade dans les cours voisines, ils prévenaient toute fuite par l'arrière. Ils ont cueilli le serrurier quand il a sauté le mur du tonnelier, fine stratégie dont il ignorait les argousins capables. Il est vrai que le prévôt connaît son métier, depuis le temps qu'il est en poste ! Il a toujours su éviter les factions et rester dans l'ombre, protégeant le bourgeois et traquant l'assassin plutôt que le partisan de l'un ou l'autre camp...

En un instant le serrurier est fouillé, enchaîné puis jeté en travers d'un cheval. La foule s'étonne à peine que déjà les argousins remontent en selle. L'opération a duré au plus la moitié du temps des vêpres *.

Sylvain s'est levé. Cette arrestation est sûrement liée à l'enquête de l'Écrivain. Il siffle une mélodie et, à trente pas de là, un angelot lève l'oreille. Bientôt, tenant la main de l'enfant, le grand mendiant s'enfonce dans les ruelles.

L'Écrivain n'est pas rentré. Contrarié, il parcourt à grands pas la cave qui leur sert de gîte et remarque une femme assise près du feu.

– Que fais-tu là ? demande-t-il, l'œil méchant et la main prête à gifler. Tu n'as pas fini ta journée !

– C'est l'Écrivain, dit-elle vivement. Il m'a dit de te remettre ça.

Il ouvre la besace, en sort le cahier écrit en rouge. Le Manchot sait ce dont il s'agit, alors il cherche autour de lui et appelle le borgne qui a soigné les mains de l'Écrivain. Celui-là sait lire.

Il a écouté sans l'interrompre le borgne qui lisait à la lumière d'une torche. La vérité, presque toute la vérité est là, accablante. Plus que jamais l'Écrivain est en danger. Il est allé se fourrer dans l'antre du loup et l'arrestation du serrurier accroît le danger. Traqués, les fauves mordent ! Sylvain se décide d'un coup. Il réunit une douzaine de ses mendiants et, discrètement mais fortement armés, ils sortent dans la nuit tombante. Tous savent que la nuit sera longue.

Faber sursaute. Rompu d'avoir été battu comme plâtre la veille, il s'est endormi et on frappe à la porte. Il grogne et Gaspard, son valet, entre. L'air en dessous, il lui remet un pli avant de disparaître.

Le clerc s'étonne vaguement de cette hâte hypocrite mais le simple fait de tendre la main irradie une telle douleur dans son dos qu'il oublie le reste.

D'un geste pénible il déroule le petit parchemin. L'écriture autoritaire lui est familière : le maître changeur Jean Augier le convie à l'heure du couvre-feu. Il fronce les sourcils : les circonlocutions, hermétiques pour tout autre, sont claires pour le sorbonnard. Beaucoup trop. Des complications sont apparues dans leur trafic de bovins. Il soupire, tente de se consoler en songeant qu'il en profitera pour soutirer à ce banquier rapace les mille écus qu'il va payer au Sénéchal. Non qu'il craigne d'être percé de flèches – l'autre a tout à y perdre – mais il ressent confusément que son cœur ne supportera pas une nouvelle raclée. Et puis, il y a de bonnes chances qu'il garde les écus pour lui. Normalement, son tortionnaire sera sous les verrous avant la nuit car le serrurier, qu'il a perfidement dénoncé, ne résistera pas à la question ordinaire *. Il dénoncera à son tour le Sénéchal. Lui-même, Bertrand Faber, docteur de Sorbonne, ne risque rien. Le serrurier l'a-t-il seulement entrevu lorsque, par une nuit d'encre, il a suivi le troupeau clandestin ? Il ne l'avait jamais rencontré auparavant et, cette nuit-là, on s'était bien gardé d'allumer des torches ! Évidemment, le Sénéchal continuera la ronde mais lui ne sera pas cru. Il est inimaginable qu'un brillant universitaire se livre à un trafic de viande ! Qui plus est, il s'est forgé un alibi sans faille, fondé sur le témoignage de ce bougre * furtif qu'il fait chanter depuis des années. Qui oserait douter de la parole d'un des principaux chanoines du chapitre de Notre-Dame !

Une inquiétude sourde subsiste cependant au fond de son être. Qui a pris les documents volés dans son tiroir secret ? Il se crispe soudain et son cœur s'affole. Il niait l'évidence, refusait de la voir. Un des parchemins impliquait le maître changeur, il a donc commandité le vol ! Le gros Faber vibre d'une colère terrible. Ses pulsations s'accélèrent et il craint de passer... Il se calme enfin. Alors il se lève lourdement, ouvre le tiroir secret qu'a su trouver son voleur, glisse la main tout au fond et extrait un stylet à lame bleutée que ledit voleur n'a pas vu. Il le contemple gravement. Serviteur fidèle d'un escolier nommé Faber, il pénétrait les chairs sans grand effort. Il a servi plus tard mais peu... Il le glisse dans sa robe en prenant garde à ne pas se piquer. Peut-être reste-t-il de ce poison qui, d'après ce charlatan vénitien, foudroyait un homme en quelques minutes. C'était faux, n'empêche que cette saleté infectait les plaies, vilainement et très vite.

Si maître Augier essaie de le voler il en usera ! Il se rassied, gagné par une excitation oubliée qu'il réfrène, de peur que son cœur ne reprenne sa sarabande... Il doit être complice, ce cœur, car il reste absolument calme.

17

Question ordinaire

Le greffier morne fait crisser sa grande plume sur le parchemin crasseux. Couvert de chaînes, qu'en bon professionnel il juge mal forgées, le serrurier transpire à grosses gouttes. Comment les archers l'ont-ils découvert ? Qui l'a vendu ? Le Sénéchal bien sûr, pour ne pas lui payer son dû ! Mais s'il le dénonce, sa complicité à lui sera établie. Il crie au coup monté, puis il explique qu'on lui a demandé de reproduire des clés qu'il ne connaissait pas, simplement pour faire un double...

Alors pourquoi fuyait-il avec, sur lui, ces fameuses clés ?

Maudites ferrailles ! Ouvrir la ville à l'ennemi ou à ses espions, c'est la corde, mais qu'inventer pour faire croire à son innocence ?

Derrière sa table épaisse, Alphonse d'Amaury, prévôt du Châtelet, blasé du mensonge éternel des coupables, écoute attentivement. D'abord une machination puis une simple commande, ça ne tient pas debout. Le délateur a précisé qu'il conservait par-devers lui de fausses clés de la ville. Il les avait sur lui et s'enfuyait. L'homme doit parler. Il va falloir soumettre le prévenu à la question. Entendant ce verdict, le serrurier pousse des cris épouvantables.

La peur de la torture suffirait-elle à délier sa langue ? Ça s'est vu. L'enquêteur repose une ultime fois ses questions, mais le prévenu poursuit ses mensonges et se prend les pieds dans les détails. Le prévôt soupire. Il va falloir quitter cette salle confortable et la lumière du jour pour descendre sous terre où l'on torture les gens. Il y fait si humide, dans cette cave, que même le foyer où le tourmenteur fait rougir ses fers ne la réchauffe pas, et nul autre endroit ne convient. C'est qu'il faut étouffer les cris. Si on bâillonne les patients ils ne peuvent pas parler, et si on ne les bâillonne pas ils braillent tant qu'ils peuvent. Au début de sa carrière, la question excitait parfois messire d'Amaury, surtout la question extraordinaire *, mais ce temps joyeux est bien fini. Il regarde le serrurier d'un air vindicatif. Il lui en veut de briser son confort. Celui-là va parler. Ouvrir de nuit les portes de la ville est grave mais importuner le prévôt ne l'est pas moins !

Précédé d'un archer et suivi du greffier, le serrurier enchaîné avance dans les couloirs de pierres, grises comme son désespoir. Il est foutu, il ne sortira de là que pour le gibet de Montfaucon. Il est si préoccupé qu'il sursaute quand son cortège croise le valet d'armes du Sénéchal, plaqué contre le mur pour le laisser passer.

Il a compris, Simon Piedvache. Dès que le groupe s'éloigne, il se précipite vers la salle où loge le Sénéchal, son maître. Vide. Alors il prend l'initiative. Le serrurier doit rester muet. Définitivement. L'homme tend son arbalète, y verrouille un carreau à pointe large et ressort.

Souple comme un chat, il progresse dans le couloir des cachots éclairé de loin en loin par une torche. Un bruit de pas le jette dans une cellule vide. Par la porte entrebâillée, il voit passer le prévôt, pressé et soucieux. Il le suit discrètement.

Le tourmenteur, une brute efficace, a déjà placé les brodequins au serrurier. Il a même commencé à enfoncer le coin de cuir et les glapissements de l'artisan attestent de sa conscience professionnelle. L'homme a déjà très mal. Un coup de maillet de plus et il parlera. Le prévôt hoche la tête en connaisseur, s'installe sur sa cathèdre, médite longuement sa question et vocifère soudain :

– Le nom de ton complice,

Simultanément, le tourmenteur frappe le coin de cuir. Le numéro est parfaitement réglé : question égale douleur. Dès que le hurlement du prévenu se calme, le bourreau relève son maillet.

– Le Sénéchal, le Sénéchal, hurle le torturé de peur qu'il ne frappe à nouveau.

Puis il émet un étrange soupir, se tasse brusquement comme s'il n'avait plus de squelette et devient gris.

L'assistance horrifiée réalise que l'étrange objet soudain jailli de son front est un carreau d'arbalète. Fin définitive des aveux ! Un complice a occis le prévenu qui n'a pu dire qu'un mot ! Le prévôt est scandalisé.

– Qu'est-ce qu'il a dit ? finit-il par grogner.

– Le Sénéchal, le Sénéchal, ânonne le greffier, imperturbable.

Piedvache le valet d'armes se trouvait à deux toises de la porte quand il a entendu l'autre brailler. De rage il a tiré et le carreau a percé le crâne du traître. Il court dans les couloirs sans s'occuper des archers qu'il croise, se rue dans la chambre de son maître, rafle sa bourse, prend vivement son carquois et, sans lâcher sa lourde arbalète, se précipite dehors. Il heurte presque le Sénéchal qui rentrait. D'une voix essoufflée il lui explique la situation.

– Imbécile ! braille le chevalier. Il fallait le tuer tout de suite.

L'arbalétrier, outré de tant d'ingratitude, le regarde d'un air peiné, mais déjà l'autre reprend :

– Faber ! Ce ne peut être que lui !

Brandissant leurs armes, hurlant comme des démons, ils courent par les rues. Devant eux les passants s'écartent, effrayés. Sans ralentir, ils entrent au collège de Navarre, se précipitent vers les appartements du gros Faber, se heurtent presque au valet Gaspard qui s'incline obséquieusement.

– Que puis-je pour messeigneurs ?

Sa phrase s'achève dans la douleur. Le poing ganté du chevalier vient de percuter son arcade sourcilière qui a éclaté.

– Où est-il ?

La voix claque comme une gifle.

– Mais je ne sais pas !

Un craquement écœurant : c'est Simon qui a frappé. Dans la bouche du domestique qui s'envahit de sang, les incisives ont reculé de la largeur d'un doigt. Il s'effondre en geignant. Les deux autres l'enjambent. Dans la chambre du sorbonnard, le Sénéchal repère très vite le billet sur la table : « J. A. » Le Sénéchal sait signer et connaît l'alphabet. Mais ces initiales ne lui disent rien... Ils ressortent comme des loups, bien décidés à faire parler Gaspard. Il ne les a pas attendus. Il est allé cacher sa misère au fin fond du collège où ils ne le retrouveront pas. Les deux hommes s'en vont.

Dans la rue, ils entrent dans la première taverne venue. Le vin chaud aux épices calme quelque peu le Sénéchal. Confortablement installé dans la tiédeur enfumée et discrète de la salle, le chevalier au médaillon prend le temps de réfléchir.

Survivre comme indicateur de police nécessite quelque intuition. L'homme au pourpoint rouge, jadis surnommé la Belette, n'en manque pas. Aussi, dès le coin de la rue, lorsque apparaît le Petit Châtelet, il sait qu'il est arrivé quelque chose. Alors il approche tranquillement et écoute. L'histoire de ce serrurier occis d'un carreau d'arbalète alors qu'on le questionnait l'étonne un peu mais ne lui semble pas digne d'intérêt. En revanche, le drôle d'air des gardes lorsqu'il s'enquiert du Sénéchal l'alarme. L'autre est sûrement grillé ! Aussitôt, il demande à voir le prévôt pour lui déballer ce qu'il sait.

– La Belette, dit le maître du Châtelet, quelle bonne idée de me visiter ! Dis-moi, compère, on t'a beaucoup vu avec messire le Sénéchal. Tu le rencontrais souvent ?

– Sur votre conseil, seigneur prévôt, sur votre conseil. Vous savez bien que je suis avant tout à votre service.

– Le Sénéchal a trahi, explose le prévôt, rouge soudain comme un coq. Il a fait fabriquer par un serrurier de fausses clés de la ville. Il introduisait des espions et les faisait ressortir.

La colère passe aussi vite qu'elle est née. Alphonse d'Amaury poursuit, l'air matois :

– Allons, un garçon comme toi sait nécessairement quelque chose. Tu vas tout me raconter...

A demi levé, il tend la main vers une clochette qui orne sa table. S'il sonne, la Belette risque de se retrouver les brodequins aux chevilles. Il décide de lâcher du lest.

– Je venais vous voir à ce sujet, justement. J'ai entendu une information intéressante. Il paraît que, par nuit noire, les portes de la ville s'ouvrent et qu'entrent des troupeaux qui ne paient ni la taxe des Bourguignons hors la ville, ni celle de monseigneur le duc d'Armagnac en Paris. Quelques bouchers font encore de fort bonnes affaires, paraît-il. Le Sénéchal serait-il mêlé à ce trafic, seigneur prévôt ?

Les yeux mi-clos, le dignitaire observe son interlocuteur tandis que ses mains caressent d'un geste affecté la fourrure qui double son pourpoint. Cette histoire lui plaît bien. Les histoires d'espions puent mais les trafics sentent l'argent, le bon argent des crapules.

– Continue, dit-il avec un demi-sourire.

– On dit aussi que l'argent viendrait de la Sorbonne.

– Quoi ? C'est impensable !

– En tout cas, les troupeaux nocturnes entreraient au collège de Navarre pour n'en plus ressortir.

– Impossible ! Impossible...

– Monseigneur, peut-être qu'en interrogeant les voisins... Quelque vieux ou quelque vieille insomniaque... Des troupeaux de cent têtes et plus, ça ne passe pas inaperçu quand même...

Le prévôt s'est levé, son vis-à-vis aussi qui, l'échine souple, le salue et se retire discrètement.

– Reviens demain me faire ton rapport, sinon gare à toi, gronde le prévôt, les sourcils soudain froncés. Montfaucon serait plus gai avec un beau fruit rouge comme toi !

Après une dernière courbette, la Belette s'éclipse.

Dehors, devant la forteresse, il respire un bon coup. Une peur rétrospective exacerbe son sentiment de liberté et il porte sur la rue le regard neuf du prisonnier libéré. C'est sans doute pour cela qu'il repère un gamin au pourpoint déchiré qui court pieds nus dans la fange. Dans la main de l'enfant qui vient vers lui il entrevoit la tache blanche d'un bout de parchemin roulé. Un message apporté au Châtelet ! Il faut savoir prendre des risques dans son métier, alors il tend le bras et chope le saute-ruisseau :

– Où vas-tu ?

Le ton est bas mais autoritaire.

– J'ai un pli pour messire le Sénéchal.

– Donne !

Le gamin écarte sa main porteuse du document et se récrie :

– On m'a dit qu'on me donnerait un blanc *.

L'homme au pourpoint rouge lève la main pour gifler l'insolent qui vivement protège son visage de son coude levé, mais il suspend son geste : à deux pas, les sergents de garde observent la scène d'un air bête. Alors l'indic fouille ses chausses, en sort une grosse pièce de cuivre qu'il présente au gamin.

– Je t'ai bien eu, dit-il, enjoué.

Le gamin tend la lettre d'une main, rafle la pièce de l'autre et prend ses jambes à son cou tandis que les argousins affichent un sourire émerveillé. « Je fais semblant de te gifler mais je te donne un sou », voilà une farce à leur portée. Une bonne baffe avant le sou les aurait fait vraiment rire, mais ainsi c'était déjà bien. Ils se congratulent bruyamment.

– Crétins, grogne la Belette entre ses dents.

Le gamin, lui, n'est pas dupe. Parvenu à dix toises à peine, il se retourne, fait un geste obscène et détale. Furieux, l'homme au pourpoint rouge froisse le parchemin et l'empoche d'un geste nerveux.

Le cimetière des Innocents grouille malgré le crépuscule. Un cortège attristé apporte un petit cercueil. Vociférant au milieu des chalands, un vendeur ambulant brandit des images pieuses, un charlatan vante un onguent tandis qu'un moine mendiant, vrai ou faux, propose ses patenôtres. La grille de la fosse commune est encore ouverte. On y fait glisser un corps enveloppé d'un suaire sale. Sans un regard pour le croque-mort qui, après avoir couvert le corps de terre, retire son suaire dont dépassait un coin, la Belette poursuit son chemin vers l'estaminet.

La servante morose balaie sans conviction tandis que l'aubergiste surveille la souillon qui cuisine dans l'arrière-salle. Attablé devant un gobelet de vin, la Belette déplie la missive et sursaute. Elle convie le Sénéchal à l'heure du couvre-feu au domicile de maître Jean Augier. Comme pour souligner sa lecture, éclate un carillon qui, d'une paroisse à l'autre, roule en échos sur la ville. Le couvre-feu vient de sonner.

La Belette regarde autour de lui. Deux ou trois membres de la bande des Coquillards boivent dans un coin. L'homme au pourpoint pourpre les contemple longuement, hésite, reprend le billet adressé au Sénéchal, demande une chandelle pour mieux voir. Tandis qu'il le relit, un malaise s'empare de lui. Quelque chose ne va pas dans ce billet, mais quoi ? Il travaille depuis si longtemps avec le maître changeur qu'il finit par trouver : un faux, un faux adroit mais indubitable. Maintenant qu'il l'a compris, il remarque une foule de détails discordants. Il doit prévenir messire Augier qui l'a toujours largement payé pour ses menus services.

Il se lève quand une main lourde s'abat sur son épaule. Le Sénéchal est devant lui, l'air peu amène.

– Trouve-moi l'immonde Faber, grogne-t-il, ou ta vie s'arrêtera là.

La Belette tient son surnom du nombre de rats qu'il a saignés. Ça n'est pas un lâche et sa main rampe vers sa lame avec un parfait naturel. Il en faut plus pour abuser le prédateur qui le menace. D'un geste incroyablement rapide, il dégaine sa propre dague et pique l'homme à la gorge. Une goutte de sang suinte.

Le silence s'est établi dans la salle. Discrètement, les Coquillards attablés saisissent leurs dagues mais un seul regard du Sénéchal les fige. Tous savent déjà qu'il est recherché et donc qu'on peut le vendre, mais tous connaissent aussi son adresse démoniaque à l'épée.

– Je crois qu'il a rendu visite à Jean Augier le banquier, coasse la Belette. En bas de la rue Saint-Jacques. En bordure de la Seine, tout le monde connaît la demeure de maître Jean Augier...

– Si tu as menti, tu es mort.

Sur ces paroles prononcées d'une voix calme, le

Sénéchal le repousse et s'écarte. Suivi de son fidèle valet d'armes, il sort tranquillement. Les Coquillards ont plongé le nez dans leurs gobelets. Personne n'ose regarder la Belette...

18

Veillée d'armes

La belle Catherine dort blottie contre l'Écrivain. Il sait que, s'il bouge, il la réveillera. Il répugne à casser l'immense sérénité qui a suivi le déchaînement de leur sensualité. Ils ont baisé à l'ombre de la mort, la sienne. Lui le savait, elle le sentait. Un tourbillon de désir, de tendresse et de cris les a jetés dans un plaisir brutal, insupportable, incontrôlable. L'apaisement moite de leurs corps repus s'est doucement atténué et leurs mains hésitantes se sont remises à vivre. La passion s'est enflée comme une bruine douce qui devient pluie battante puis tempête sourde... Soudain un raz de marée que nulle force au monde, nul dieu du cosmos n'aurait pu arrêter les a emportés vers de somptueux rivages. Et le temps a coulé autour de leur passion jusqu'à l'anéantissement absolu.

Enlacés, ils ont sombré dans un sommeil immobile dont l'angoisse de l'action vient de le tirer.

Elle n'a rien dit quand il est parti. Seuls ses yeux

ont parlé et il a failli revenir. Pourquoi ne l'a-t-il pas fait ? Pourquoi s'est-il rendu à sa chimère de Justice, à sa folie de vérité ? A-t-il de la haine pour les gens qu'il va confondre ? Pas même ! Alors ? Alors on ne laisse pas écraser l'innocence. C'est tout.

La rue dans le couchant a des airs d'agonie. Les passants pressés, blêmes dans la lumière froide, les marchands qui remballent nerveusement, les chiens errants qui gémissent ou grondent, tout concourt à la mise en scène du drame annoncé. Pour couronner le tout, le grincement nostalgique d'une vielle, dont il ne voit pas le joueur, griffe ses nerfs à vif.

Au pont aux Changeurs, il baguenaude en attendant le peseur d'or parti rendre ses comptes à l'argentier son maître. Il arrive enfin, accompagné de ses gardes qui le saluent et s'en vont. Il retient le dernier et lui parle à l'oreille. L'homme rit, lui tend son bâton et récupère quelque chose. De l'argent, sans doute. Le changeur le regarde s'éloigner en faisant virevolter la trique avec une certaine aisance.

– J'ai manié le tribard lorsque j'étais escolier, commente-t-il pour l'Écrivain qui l'a rejoint. Ne crois-tu point que ça pourrait nous être utile ?

Son œil pétille et l'arrivant s'en trouve ragaillardi.

– Es-tu sûr de bien connaître ce bâton ? ironise-t-il.

– Je ne me défends pas si mal, sais-tu. Veux-tu que je t'en baille sur l'échine ?

– C'est ce que je pensais ! Tu ne connais pas ce bâton. Vois-tu ce nœud ? Appuie dessus.

Un claquement sec, et une lame plus longue qu'une main jaillit. Le changeur la regarde, les yeux ronds.

– Qu'en penses-tu ? rigole l'Écrivain. Naturellement, un tel bâton est interdit en la bonne ville de Paris. Malgré ça, l'artisan d'Auxerre qui le fabrique fait fortune ! Trêve de plaisanterie, allons-y.

La nuit est tombée quand ils atteignent la ruelle qui longe la propriété de maître Jean Augier. A leur grand étonnement, la clé rouillée du changeur tourne sans bruit dans la serrure. Une fois entrés, l'Écrivain hésite à verrouiller la porte. La Belette aussi a la clé ! Il faut bloquer l'entrée à tout arrivant extérieur, même porteur de la clé, mais pouvoir l'ouvrir vite de l'intérieur en cas de fuite ! Un forte branche morte règle la question. Calée sous la serrure, jambe de force ancrée dans la pierraille de l'allée, elle bloque la porte, mais un coup de pied latéral suffit à l'écarter. Satisfait, l'Écrivain rejoint son compagnon.

Le jardin dépouillé par l'hiver luit sous la lune, tout de grisaille et d'ombre. La ville est silencieuse. L'Écrivain serre sa dague, le changeur son bâton, tandis qu'ils progressent sans bruit vers l'unique fenêtre éclairée de la maison...

A quelque distance, ils s'arrêtent. Tous deux sont graves. Des nuages rapides passent devant la lune comme des ailes maléfiques annonciatrices de drame...

Il se noue, ce drame, mais l'Écrivain l'ignore...

Elle regarde le ciel. Par moments, de grands nuages fuyants voilent la lune glacée. Elle a un peu froid comme cette autre nuit, infiniment lointaine et pourtant vieille d'une semaine à peine, où elle a fui sa maison incendiée et ses parents massacrés. Ils étaient une centaine, des guerriers sans ouvrage qui tels les loups sortirent des bois pour piller le village. Elle, la belle fille blonde et rose dans l'éclat de ses quinze ans, a souri aux écorcheurs et affronté leur rut. Le plus méchant s'est décrété son protecteur. En fin de nuit tandis que, repu, il dormait lourdement, elle s'est enfuie. Elle connaissait si bien la contrée qu'ils ne l'ont pas rejointe. Elle a marché trois jours, jusqu'à la grand'ville de Paris, jusqu'aux Innocents où une belle fille ne meurt jamais de faim.

Elle ne voulait pas mourir et le regrette presque à errer ainsi entre les tombes par une nuit où le froid humide est pire que le gel. Elle n'a vu personne depuis une grande heure et voudrait bien retrouver la mansarde qu'elle partage avec une autre fille. Mais il n'y a qu'un lit et l'autre a « monté » un client, alors elle attend qu'il parte. Elle songe avec horreur que, s'il paie assez, il passera la nuit.

Elle fouille sa robe, compte ses sous. Peu de chose mais de quoi boire un vin chaud à l'estaminet au fond du cimetière. L'aubergiste la regarde et arrête le geste de sa servante qui allait la chasser. Son regard croise celui d'une grande femme osseuse au visage de pierre, assise dans un coin.

Le vin chaud lui a monté à la tête, aussi, quand la femme s'approche, elle ne comprend pas tout de suite qu'elle lui propose un sou d'argent pour la suivre. De sa vie, elle n'a possédé une telle richesse. Mais sa vie a fini ou bien commencé il y a huit jours à peine : depuis qu'elle est putain.

Elle trébuche sur les pavés inégaux et la femme la soutient. Le froid de la nuit calme son ivresse montante. Rues et ruelles défilent et l'autre l'entraîne toujours.

– C'est encore loin ? demande-t-elle d'un ton boudeur.

– On arrive...

Elles marchent encore un moment. La petite devine le clapotis d'une rivière juste avant d'entrer dans une maison sombre comme une forteresse. Le couloir dallé résonne sous leurs pas... une porte massive qu'ouvre la femme qui s'efface devant elle... des murs de pierre, des coffres sombres et un chandelier à cinq bougies qui l'éblouit... un claquement sec, un bruit de clé. Elle se retourne : la femme est toujours là avec sa cornette grise et son air revêche. Elle empoigne le chandelier, le lève au-dessus de sa tête.

– Déshabille-toi, dit-elle.

Un peu effrayée, la gamine hésite puis s'exécute, range soigneusement ses vêtements sur un des coffres. En chemise, elle s'arrête, hésitante.

– Toute nue, dit la femme.

Elle obéit. La femme maquignonne ses petits seins ronds, sa taille fine, sa toison gentiment follette, bouclée et blonde.

– Tourne-toi !

Elle inspecte son dos droit, ses fesses pommées, ses longues jambes et hoche la tête, l'air toujours aussi sévère. La petite, apeurée, la dévisage de ses grands yeux noisette. Une bien belle fille. Elle fera l'affaire. A cette idée, la femme a une grimace presque douloureuse puis elle se secoue.

– Suis-moi, dit-elle.

Brandissant le chandelier, elle sort de la pièce et s'enfonce dans un escalier à vis. Il fait de plus en plus chaud. La petite n'a plus froid malgré sa nudité. Arrivée en bas, la femme pousse une porte.

Interdite, la gamine s'est arrêtée sur le seuil. La salle voûtée est éclairée de flambeaux fixés aux murs mais elle voit surtout un grand feu dans un foyer maçonné au-dessous d'une énorme marmite, relié par un tuyau à une grande cuve fumante. Le feu rougeoie, les torches fument. La petite qui n'a jamais vu d'étuve a un mouvement de recul, mais la femme la saisit et la pousse vers la cuve.

– Allons, rentre là-dedans, tu pues la chèvre. Il faut te décrasser sérieusement !

D'abord l'eau la brûle, puis elle s'y abandonne. Les yeux fermés, elle goûte un bonheur brut qu'elle n'a jamais connu. La femme a défait sa cornette et ses cheveux l'humanisent. Puis elle a enlevé son sarrau. En chemise pour être à l'aise, elle savonne la petite longuement, le corps puis la tête...

Lavée, coiffée et séchée, la fille toujours nue est conduite dans une salle meublée d'un énorme lit. Elle ne remarque ni qu'elle n'est pas remontée au sortir des étuves ni que cette salle n'a pas de fenêtre. Elle ne voit que le grand feu, ne sent que sa bonne chaleur. On la laisse seule. Conscience professionnelle ? La fatigue et le bain plutôt : elle s'étend sur le lit, puis le temps s'arrête...

Le banquier n'a pas dit un mot depuis qu'il a lui-même ouvert sa porte au gros Faber. En entendant son nom par le guichet, il a hésité. La prudence l'a poussé à ouvrir : le sorbonnard aurait-il quelque moyen de lui nuire ? Sans un mot il a verrouillé derrière son visiteur et lui a fait signe de le suivre. Brandissant sa chandelle sans souci d'éclairer quiconque sinon lui, il est revenu à la grande salle où il travaille.

Il pose son candélabre pour dévisager sans aménité son visiteur :

– Votre visite est inopportune, maître Faber. Je vous avais interdit de venir.

Le ton est sec, le visage fermé. Le banquier debout ne fait pas signe à son visiteur de s'asseoir. Le robin lève un sourcil et c'est tout. Depuis longtemps il sait masquer sa surprise, une vieille technique d'universitaire, qui désarme l'adversaire.

– Alors ce message était faux, répond-il d'un ton neutre. Le faussaire est adroit, on dirait vraiment votre écriture.

Le banquier prend le papier, hausse les épaules.

– Une grossière imitation ! Je m'étonne que vous en soyez dupe, rétorque-t-il avec une mauvaise foi méprisante.

Faber s'est assis.

– Pardonnez-moi, dit-il d'un ton patelin, mes jambes me font souffrir. Il convient que nous parlions affaires. Pour tout dire, j'attendais l'argent de vos bouchers et non la visite de voleurs ou d'assassins.

Pris de court, le banquier perd sa superbe. Il a toujours tenu Faber pour un lâche et le voilà assis chez lui, le défiant tranquillement. Bluffe-t-il ? Il regarde son adversaire : ses yeux brillent, sa pose est détendue et un demi-sourire erre sur ses lèvres grasses. Inquiétude de l'incompréhensible. Le financier s'assied à son tour et observe son vis-à-vis en silence tandis qu'il fait mentalement le recensement de son personnel. La Belette qui lui sert de garde du corps va rentrer très tard, bien après minuit. Il l'a écarté exprès. Il fallait bien ! Sa gouvernante fidèle a une mission, ce soir. Est-elle déjà rentrée ou bien est-il seul ? Le sorbonnard évoque un prédateur en chasse... Il est armé ! Il porte sur lui un quelconque poignard et il a l'intention de s'en servir. Qui plus est, il sait s'en servir. Cette double évidence l'éblouit.

Fasciné par son visiteur imprévu, accaparé par sa méditation, messire Augier ne remarque pas la face blême de son commis collé au vitrail de la fenêtre qui lui fait face.

– Un peu de mon vin de Pontoise pendant que nous causerons ? propose-t-il enfin.

Une lueur de triomphe dans l'œil, Faber se détend imperceptiblement.

La Belette se frotte nerveusement la gorge et, naturellement, il irrite la petite plaie ouverte par la dague du Sénéchal. Il n'a pas aimé, mais alors pas du tout, cette méthode. Depuis le départ de l'autre, la colère monte en lui, glacée et meurtrière. Alentour, on le regarde d'un drôle d'air. Il sait que, s'il ne se venge pas, il perdra tout respect de la part des truands de l'assistance, des Coquillards en particulier. Or il a besoin de ce respect. Sans information sur la canaille, il n'a plus rien à vendre à ses commanditaires.

Quand il se lève, l'air résolu, on le regarde avec intérêt. Il vient de relever le défi. Les buveurs attablés reprennent leurs discussions. Tout est entré dans l'ordre...

Il marche dans la rue, attentif à la moindre rumeur, la main serrée sur son stylet. La lune froide sculpte les maisons en volumes durs et ombres d'encre. Il va sans bruit et réfléchit. Il n'est plus temps de finasser : il doit se venger et calmer le prévôt, donc lui livrer le Sénéchal. Il a trop joué le jeu de cet opportuniste, mais cette crapule payait bien mieux que le prévôt qui se contente de fermer les yeux sur vos petits trafics à condition qu'ils ne le contrarient pas trop. Le monde de la nuit sait qu'Alphonse d'Amaury est une brute qui a peu de comptes à rendre pour « questionner » un suspect. Sa fureur de la trahison du Sénéchal pourrait l'amener à torturer son indicateur, comme ça, pour se défouler... Il lui a demandé un rapport pour le lendemain. Cela signifie que s'il ne lui apporte pas la tête du Sénéchal, il risque de sortir estropié du Châtelet. L'urgence est donc de localiser le fuyard, c'est-à-dire de rendre visite à maître Jean Augier, et là commencent les difficultés : on lui a ordonné de ne pas paraître ce soir et il n'aurait garde de désobéir. Des rumeurs courent dans le quartier. On parle de meurtres et de filles disparues. Il n'est jamais bon de se mêler des vices des grands... Mais s'il découvrait la vérité, cela lui permettrait de se dédouaner vis-à-vis du prévôt si jamais le Sénéchal s'échappe. Et s'il ne s'échappe pas, il pourra faire chanter le maître banquier. Une seule fois, mais bien. Il paraît que les villes du pays d'Oc sont d'agréable climat...

D'un pas résolu, il se hâte vers le pont Notre-Dame...

19

Crescendo

L'Écrivain et le changeur commencent à geler.

– Tu sais comment entrer ? chuchote l'Écrivain.

– Chut, regarde !

Le banquier, le pichet encore en main, observe d'un air sardonique le gros Faber qui vient de boire. Le gros homme grimace avec horreur, se lève d'un bond, frappe le banquier avec un poignard tiré de sa robe puis titube et s'effondre. Accablé, le maître changeur observe le filet de sang qui sort de sa manche, coule le long de sa main pour dégoutter du bout de ses doigts sur les dalles claires du sol. Son bras pèse soudain comme un âne mort. Il n'a rien senti sinon un choc mais il appréhende la douleur qui va bientôt monter jusqu'à l'intolérable. Alors il empoigne son poignet engourdi de sa main valide et se rue dehors.

Sur le sol, le gros Faber rampe mollement, les yeux révulsés.

– C'est manqué, ils ne diront rien. Partons ! grogne l'Écrivain.

Ombres noires sur le jardin argenté, les deux hommes se dirigent vers la porte de la ruelle pour s'arrêter net. Une clé tourne dans la serrure avec un léger cliquetis. Bloquée par l'étai mis en place, la porte ne s'ouvre pas. Ils tendent l'oreille, devinent une présence. Dehors, dans la ruelle, le visiteur s'installe en sentinelle. Leur retraite est coupée et la lune indiscrète les éclaire comme en plein jour. Trois enjambées les ramènent à la maison. Un coup d'œil dans la pièce éclairée : couché à même le sol, le gros Faber semble dormir. Alors, l'un après l'autre ils entrent par une porte dérobée dont le changeur avait aussi la clé...

Sylvain se renfonce dans son encoignure tandis que passe l'homme. Il ne reconnaît la Belette qu'au dernier moment. Il fait un geste et un de ses hommes s'agenouille, tire un poignard de sa manche et s'installe en position de jet. Un autre signe du Manchot l'arrête : attendre. Le cliquetis de la clé leur met les nerfs à vif : si la porte s'ouvre ils le tueront pour protéger l'Écrivain...

La porte ne s'est pas ouverte. La Belette jure doucement, reste là un moment puis revient sur ses pas et s'éloigne. Les mendiants soupirent et se réinstallent dans leur veille.

Un fer rouge vrille maintenant le bras du banquier qui erre dans sa maison que seule éclaire la lune. Le sang dégoutte toujours de ses doigts. Péniblement, il gravit les étages. La mansarde est vide : sa gouvernante n'est pas remontée. Alors, avec une plainte de bête, il se précipite dans l'escalier. Dans le hall, il s'arrête net. On frappe brutalement à sa porte : les bourgeois du guet, sans doute. Qui d'autre à cette heure ?

– Qui est là ?

– Maître Faber nous a mandés de le venir chercher pour l'escorter à sa demeure, clame une voix autoritaire.

La souffrance lancinante et l'opportunité de se débarrasser du gros Faber anéantissent la prudence de l'argentier. De sa main valide, il déverrouille la porte qui se rabat brutalement sur son bras blessé. La douleur est si violente qu'elle lui monte au cœur. Son visage se glace de mauvaise sueur et ses jambes se dérobent tandis que le Sénéchal et son acolyte se ruent dans la maison et claquent bruyamment la porte.

On les a vus entrer : d'abord un misérable tas de chiffons tassé dans un coin qui siffle un air convenu, ensuite un homme mince dont la lumière froide laisse deviner le pourpre du vêtement. La Belette sait ce qu'il voulait savoir ; alors, sans tenir compte du sifflement entendu mais la main sur son poignard, il part d'un pas rapide vers le Châtelet.

Dans les catacombes, un homme gigantesque se hâte. Ses oreilles sifflent comme des nids de serpents tandis que des couleurs agressives explosent dans son crâne. Apaiser sa torture est son obsession... Il progresse dans le noir absolu avec un sûreté angoissante. Dans l'après-midi il a senti monter la crise. Il a appelé au secours et on l'a entendu. Encore une fois, une ultime fois il trouvera la paix... après...

A l'affût dans un petit cabinet d'archives donnant sur la grande salle, l'Écrivain hésite sur le parti à prendre, et avec l'attente monte l'angoisse. Évidente lorsqu'il la méditait, sa démarche lui apparaît de moins en moins sûre. Confrontés, que diront les protagonistes de l'affaire ? Conforteront-ils ses hypothèses présentées comme des vérités ? Il était persuadé que, pour se dédouaner, ils s'accuseraient les uns les autres. Il en doute maintenant. Complices, ils vont se mettre d'accord pour le tuer s'il ose se dévoiler comme il voulait le faire. Aura-t-il seulement le temps de les inquiéter par ses découvertes ? Et les autorités ? Considéreront-elles les arguments d'un ancien banni ? Contre Faber et

Augier il possède des documents accablants, mais il n'a rien contre le Sénéchal, ni contre son sbire d'ailleurs, et que pèsera l'Écrivain face à cet homme du pouvoir ? Qui plus est, ses preuves ne concernent que le trafic de bœufs. Sur le meurtre des fillettes il n'a que des présomptions, formidables sans doute mais... Il se sent pris à son propre piège.

A-t-il perçu son inquiétude ? Le commis changeur lui serre le bras. Grâce à cette pression amicale, grâce à elle seulement, il ne crie pas de surprise en voyant surgir le Sénéchal, l'air farouche et l'épée nue.

Devant Faber, qui ronfle couché devant le feu, le chevalier s'arrête net. La robe du sorbonnard grotesquement troussée exhibe des jambes maigres ; sa bedaine pointe comme un gigantesque œdème ; dans la caverne noire de sa bouche grande ouverte luisent quelques dents jaunâtres : un ivrogne obscène cuvant sa cuite. En deux pas le guerrier le rejoint. L'air dégoûté, il le pousse du pied comme on fait d'une charogne. Le rythme du ronflement déraille puis reprend, douloureux comme un râle. Le chevalier s'acharne à coups de pied sur le gisant, sans succès. En retrait, son valet d'armes le regarde avec une indifférence bovine.

Le Sénéchal s'est arrêté, essoufflé. Sur la table le

pichet du gros Faber est toujours là. Il s'en saisit, boit et recrache dans un spasme.

– Quelle est cette ordure ? gronde-t-il. Une tisane de fumier ? Comment ce porc a-t-il pu boire ça ?

– Une drogue qui fait dormir. Elle n'avait pas le même goût, ricane le banquier qui tient toujours son bras blessé tandis qu'il entre dans la pièce, sûr de lui à nouveau. Il faut boire très frais, car cette poudre prend vite le goût amer que vous avez su apprécier.

Le Sénéchal s'avance, menaçant. Jean Augier ne s'émeut pas. Il a le commerce des puissants et des guerriers et sait leur parler.

– Messire Sénéchal, hasarde-t-il, vous avez, je crois, organisé l'approvisionnement en bœufs des Parisiens et, si je comprends bien, maître Faber tarde à vous payer. Est-ce que je me trompe ?

Le chevalier le regarde, bouche bée. Il baisse son épée et ne dit rien. Dans le cabinet attenant, le commis pousse du coude l'Écrivain qui écoute de toutes ses oreilles.

– Asseyez-vous, poursuit le financier. Je vais quérir du vin et nous examinerons votre affaire. Je devrais pouvoir convaincre maître Faber de vous payer votre dû. Il ne va pas tarder à se réveiller. En attendant, vous pourriez le soulager du méchant poignard avec lequel il m'a lâchement frappé.

Sur un geste de son maître, Simon Piedvache pose son arbalète contre le mur et se penche sur le gisant.

L'unique candélabre qui éclaire la salle laisse les murs dans l'ombre. L'Écrivain écarte doucement la porte, tend son long bras. Personne ne le voit attirer très lentement l'arbalète à lui. Il hésite à la décharger, puis à couper ses cordes mais préfère la garder armée près de lui.

La Belette marche vite, guettant les silences, évitant les quelques cuves à merde disposées au coin des rues dans l'espoir vain que tous les Parisiens y vident leurs vases de nuit.

Sous la lanterne du Châtelet, la sentinelle somnole. Elle le regarde s'approcher avec indifférence, mais sursaute quand il arrive sur elle et pointe méchamment sa guisarme *.

Écartant d'un geste négligent la hallebarde, l'homme au pourpoint rouge déclare fermement :

– Il faut que je voie le prévôt d'urgence.

– A cette heure ? Il est chez lui. Il dort sûrement et on ne réveille pas le prévôt ! répond le planton qui, sans doute impressionné par l'assurance de l'arrivant, a relevé son arme. Il faudra repasser demain.

– Il faudra surtout aller quérir ton chef, car demain il sera trop tard, et le prévôt te fera fouetter pour ne pas l'avoir réveillé. J'ai pour lui une information qui ne peut attendre. Va !

La sentinelle renifle, pousse son casque en arrière, se redresse, toise l'impudent et, optant pour le moindre problème, ordonne :

– Ne bouge pas d'ici.

Il revient l'air contrit, suivi par un gradé à la trogne fleurie et aux yeux striés de veinules rouges :

– De quoi ! On prétend réveiller le prévôt !

Menaçant, il s'avance vers la Belette et poursuit :

– File, ruffian, ou je te fais jeter en geôle.

Frappé par le souffle aviné de la baderne, la Belette oscille mais ne recule pas et se fait bousculer. Il lui faut dépasser l'obstacle. Alors, sans hésiter, d'un crochet sec au menton, il cueille l'ivrogne qui s'écroule d'un bloc.

– Appelle la garde, grince-t-il, ton chef a eu un malaise.

De fait, le gardien braille et bientôt débouchent une douzaine d'hommes dépenaillés et hirsutes qui brandissent des piques.

L'un d'eux s'écrie :

– La Belette, c'est toi qui fous ce bordel ?

– Je suis bien aise de te voir, compère. Ton collègue vient de tomber et il s'est assommé. Mais là n'est pas l'important. Je sais où est le Sénéchal. Il faut le prendre au nid et prévenir le prévôt.

Moins bête que l'autre et surtout plus sobre, ce gradé-là pousse quelques coups de gueule : l'assommé est évacué, deux gardes sont envoyés réveiller le prévôt tandis que les autres vont s'équiper décemment.

– Gare à toi si tu me fais réveiller sa seigneurie pour rien, grogne-t-il.

– Allons-y, c'est à deux pas.

– Pas avant l'arrivée du chef, tranche le gradé, péremptoire.

L'homme au pourpoint rouge, conscient d'en avoir fait assez, se résigne à la patience. Il attend sous la menace de la guisarme brandie par la sentinelle offusquée du crochet triomphant décoché à son chef.

Et le temps passe. La Belette se ronge. Lesté d'un bon sac d'écus, le chevalier au médaillon n'a-t-il pas déjà quitté la ville ?

– On frappe à la porte. Un raffut pareil, c'est le guet pour toi. Va voir.

– Va voir toi-même !

L'épouse du prévôt grogne. Entouré d'une courtine d'épais rideaux, l'univers douillet du lit est difficile à quitter par une nuit d'hiver. Elle finit pourtant par se lever, enfile une chemise sur ses chairs flasques et se traîne vers la fenêtre. Sous sa couette doublée de fourrure, messire Alphonse d'Amaury tente vainement d'oublier ce vacarme dû à un quelconque ivrogne qu'un seau d'eau calmera. Il entend sa femme ouvrir les volets mais, au lieu des insultes dont la poissarde est prolixe, il entend un propos courtois annonçant son arrivée. Il s'enfouit dans l'oreiller, bien décidé à affirmer son pouvoir de dormir quand un mot le réveille : le Sénéchal. On l'a trouvé. La suite, il l'écoute penché tout nu au-dessus de la rue. Dehors, un court moment plus tard, il termine de nouer les aiguillettes de ses chausses sur le dos de son cheval. Il ne circule jamais à pied. Ainsi évite-t-il la merde de Paris, célèbre dans l'Europe entière. Au Châtelet, il braille ses ordres, s'arrête un instant devant la Belette :

– Qu'est-ce que tu fais là toi ?

– Messire prévôt, c'est moi qui ai localisé le Sénéchal. Je l'ai vu entrer chez maître Jean Augier le banquier.

– Bon, eh bien reste en dehors de tout ça. Je ne veux pas t'avoir dans les pattes.

Sans rajouter un mot, il se retourne et ordonne le départ. La Belette les voit partir le regard haineux, puis d'un pas nerveux s'enfonce dans la nuit.

Deux longues et une brève : la garde du prévôt ! Impossible de se tromper, c'est bien le code. Un mouvement dans le noir : les mendiants se sont tournés vers leur chef qui ordonne à voix basse :

– Toi et toi, tendez la corde en travers du chemin pour faire tomber les cavaliers. Ça les retardera le temps de nous mettre en place. Récupérez-la ensuite et revenez sans vous faire voir. Les autres, sauf les sentinelles, avec moi : on saute le mur et on rejoint l'Écrivain. Attention, nul ne doit nous voir. Le Sénéchal est très dangereux. Son valet d'armes aussi. Méfiez-vous aussi de la Belette s'il est avec eux : il en a saigné plus d'un et c'est sûrement lui qui est allé chercher le guet. Dans la maison on reste invisible et vous n'intervenez que sur mon ordre. C'est compris ? Allons-y !

Il retient le lanceur de couteau :

– Toi, tu restes près de moi.

Pourquoi parcourt-il le labyrinthe des catacombes, au lieu d'aller tout droit ? Nulle autre raison que sa folie à cet étrange détour : il faut qu'il longe la faille qui lui sert d'oubliette. Malgré l'étrange sûreté qui le guide, il heurte un obstacle inconnu et tombe lourdement. Le corps en porte-à-faux au-dessus du vide, il recule très doucement sur la pierre qui oscille puis se relève d'un bond. Sans doute pour rétablir son immuable itinéraire, il se courbe, empoigne la dalle irrégulière lourde comme un jeune bœuf, l'arrache d'un effort titanesque, la brandit au-dessus de sa tête et la jette en mugissant contre la paroi sur laquelle elle explose.

Alors, évitant le trou qu'il connaît si bien, il repart sans se soucier de ses mains écorchées ni de l'éclat tranchant qui a frappé son front...

Naturellement, le prévôt connaît la demeure de maître Augier le banquier. Aussi caracole-t-il en tête de sa petite troupe tandis que ses sbires qui brandissent des torches courent dans la fange. Au détour de la rue son cheval s'écroule, le projetant dans un tas d'ordures. Affolé, l'animal se relève en hennissant, prend le mors aux dents et s'enfuit au galop, poursuivi par la moitié des sergents. Secoué, contusionné, le prévôt grogne. Dans le désordre qui règne, il ne fait qu'entrevoir les deux silhouettes qui, au lieu de tenter de le voler, enroulent rapidement leur corde et disparaissent dans l'ombre.

Il se relève, fait quelques pas courbés, se redresse péniblement, hèle ses hommes et, malgré son habit conchié, repart d'un pas vainqueur vers la maison du financier. Du haut du mur qui domine la ruelle, Sylvain le Manchot a contemplé la scène avec ravissement.

Devant la maison, Alphonse d'Amaury empoigne vigoureusement le marteau de la porte et suspend son geste : elle n'est pas fermée...

20

Voyeurs

Faber se sent mal. Très loin dans la brume, des gens lui parlent qu'il ne veut ni connaître ni entendre. Il se sent mouillé et glacé. Peu à pcu le brouillard s'éclaircit et il distingue sans plaisir maître Jean Augier qui tient de sa dextre sa sénestre immobile et ensanglantée. Il en éprouve une jouissance que le tambour de son pouls à ses oreilles l'empêche de savourer, d'autant plus que, derrière le changeur, se profile le large visage de Simon Piedvache qui tient encore un seau à la main. Alors il craint le pire. Non content de l'arroser pour le réveiller, ils vont le tuer ! Et si... s'ils l'avaient déjà frappé ! Il a sûrement reçu un coup d'épée. Son malaise c'est ça. Pourtant, à part sa migraine et sa faiblesse, il ne ressent aucune douleur précise alors qu'un coup d'épée doit faire abominablement mal. Il s'accroche à l'espoir que le pire est passé tant il redoute les coups.

Naturellement il a tort.

Le Sénéchal se penche sur lui, menaçant :

– Maître Faber, grimace-t-il, le maître argentier et moi attendons que vous nous payiez notre dû. Dès que vous serez sur pied, vous nous donnerez notre or. Vous l'irez chercher au chapitre ou en enfer mais nous le voulons avant la fin de la nuit !

Ce banquier retors a fait croire au soudard que lui, Faber, avait l'or. Il s'affole d'abord puis se reprend. Gruger un soudard est si facile.

– Asseyez-moi, demande-t-il d'une voix excessivement mourante, et je vous dirai tout.

Simon l'archer à gauche, le Sénéchal à droite lui prennent chacun un bras, le soulèvent comme on ferait d'une accouchée et l'installent sur la cathèdre rembourrée. Outré de se voir privé de son siège confortable au profit de l'immonde chanoine alors qu'il est blessé, Jean Augier se laisse tomber sur une chaise à trois pieds. Rongé par la blessure qui irradie tout son être, il ferme les yeux pour se reprendre.

Dans le cabinet aux archives, l'Écrivain tressaille : un sifflement à peine audible a retenti. Le signal du Manchot. A son côté, le changeur s'est tendu. A son tour, il le rassure d'une pression de main tout en surveillant les protagonistes dans la salle : pris par d'autres préoccupations, ils n'ont rien entendu. Quand il sent un courant d'air dans son dos, il s'écarte pour laisser voir l'arrivant.

– Chut...

Le prévôt murmure ses ordres : deux vétérans vont rester avec lui, les autres doivent se déployer autour du pâté de maisons. Ceux-là s'en vont, vaguement curieux de la bête nocturne qui siffle à leur approche. Messire d'Amaury et ses deux gardes entrent, montent doucement l'escalier. Un rai de lumière sous une porte les arrête. Lentement un des gardes l'entrebâille.

– ... là, je vous dis ! Tout l'or est là, le vôtre, messire Sénéchal, le mien, et celui de Jean Augier, cette fripouille fourrée.

C'est un robin au visage mou et aux yeux vifs qui parle. Peut-être bien le sorbonnard dont parlait la Belette. Il désigne une lourde armoire à deux corps, haute sur pattes. Ses portes sculptées en plis de serviette sont renforcées de ferrures à volutes. Le Sénéchal s'en approche, tire sur les poignées en forme de pendentifs. Fermées. Le meurtre au fond des yeux, il se tourne vers le maître changeur qui s'exclame :

– Messire Sénéchal, il y a là des écus... euh... négociés avec monseigneur d'Armagnac... Je crois qu'il ne supporterait pas de les voir disparaître...

Les dérober mettrait en grand danger même un homme aussi... honorable que vous.

Le chevalier au médaillon ricane.

– Les clés ! exige-t-il.

Il fait un signe : son valet fouille le banquier et brandit bientôt un trousseau de petites clés ouvragées.

– Donne.

D'un geste sec, il brise la chaîne qui reliait le trousseau à la ceinture du banquier, lequel, durement secoué, heurte la table de son bras blessé et hurle. Le Sénéchal ne se retourne même pas. Il essaie vainement d'ouvrir.

Avec un juron sonore, il jette le trousseau par terre.

– Voyez, messire Sénéchal, crâne le blessé, ce meuble comporte deux serrures à chaque compartiment. Il faut donc deux clés. J'en ai une dans ce trousseau. L'autre est dans celui de mon premier commis. Je ne peux donc ouvrir mes coffres qu'en sa présence et, comme il ne me visite qu'en compagnie de gardes du corps, nul voleur ne peut me dérober.

Dans le réduit aux archives, le commis changeur souffle pour ne pas rire tant le mensonge l'a surpris. Il admire presque la fière crapule qu'il sert depuis trente ans.

– Je veux bien oublier cette tentative discourtoise, continue Jean Augier devant l'air de folie du Sénéchal. Maître Faber va faire les comptes en ma présence et nous n'aurons qu'à attendre le jour pour aller quérir mon commis. Je ferai une avance à maître Faber pour qu'il vous paie votre dû.

Le financier est souriant, mais sa face transpirante dément sa bonhomie. L'Écrivain sent qu'il gagne du temps. Le Sénéchal médite tandis que le gros Faber, dont plus personne ne s'occupe, palpe sa robe. Il finit par se rendre à l'évidence : on l'a soulagé de son poignard. Il reprend pourtant du poil de la bête. Jean Augier tente de faire avaler des couleuvres au chevalier. Il a une bouffée de haine pour cet homme aussi retors que lui. Il observe son teint cadavérique avec une satisfaction perverse. Le poison de son arme a gardé toute sa sombre nuisance. Le sorbonnard médite : le second trousseau de clés est nécessairement dans la pièce, à portée de main. Le banquier ne s'encombre sûrement pas d'un commis pour compter son or. Il se décide d'un coup. Il faut payer le Sénéchal et qu'il parte. Lui, Faber, attendra tranquillement l'agonie d'Augier et le contenu du coffre sera à lui. Ragaillardi, il prend la parole.

– Messire Sénéchal, commence-t-il, notre cher ami, ici présent, vient d'avouer qu'il a force écus d'or dans l'armoire que vous voyez là. Eh bien, il faut que vous sachiez que cette armoire contient votre or et le mien et il va bientôt nous le donner.

– Quoi ? Mais il a dit...

– Maître Augier veut vous faire croire qu'il est étranger à notre affaire. Il n'en est rien. Une fois dans les catacombes, les bœufs doivent être abattus, débités et vendus. C'est là qu'intervient ce brave homme qui possède en sous-main la moitié des boucheries de Paris.

– Comment savez-vous cela ? s'exclame le changeur, arraché un instant au gouffre de sa douleur.

– L'Église, mon cher, sait presque tout et la Sorbonne le reste. Mais revenons à nos bœufs. Saviez-vous, mon cher Sénéchal, qui a inventé ce trafic dangereux mais lucratif ? Messire Augier, bien entendu. Souvenez-vous de cette fête pour la Nativité donnée par monseigneur d'Armagnac. C'est là que nous nous sommes rencontrés. A vous il a expliqué que les taxes sur la viande étaient abominablement lourdes et empêchaient les affaires, tandis qu'un de ses proches racontait au sieur Piedvache, votre écuyer, comment il avait fait fabriquer de merveilleuses serrures par un artisan de la porte Bordelle, quelque peu vénal. Quant à moi, sachant que j'ai mission de placer les écus du chapitre de Notre-Dame, il m'a expliqué « votre » projet : importer clandestinement des bœufs dans Paris assiégé et les vendre au prix fort. Financer l'opération serait un placement remarquable pour moi, d'autant qu'il se chargeait d'écouler la viande. Il a même conclu que priver de taxes des princes incompétents au profit de la Sainte Église était œuvre pie, ce qui, au vrai, m'a décidé moi-même qui suis un honnête homme !

– Ça ne tient pas debout. ricane le Sénéchal. Maître Augier n'avait nul besoin de votre or pour financer l'opération.

– Ce sont là propos de bon sens, renchérit péniblement le banquier accablé. Voilà bien l'esprit tordu et les mensonges alambiqués des docteurs de Sorbonne : plus la fable est énorme et plus elle désoriente l'adversaire... une vieille technique.

Faber balaie le pénible plaidoyer d'un geste négligent et poursuit tranquillement :

– Son rôle devait rester inconnu. C'est pour cela qu'il « m'apportait » l'opération. Le reste, vous le connaissez. Votre propre frère est capitaine d'une compagnie du duc de Bourgogne. Un fois en possession des fausses clés de la ville, vous êtes sorti de Paris pour aller le convaincre d'acheter des bêtes avec mon or et de s'installer en la maison des champs de maître Augier. Souvenez-vous, je vous avais parlé d'un ami dont il convenait de protéger le manoir. Votre frère disposait d'une vraie forteresse et messire Augier n'avait plus à craindre les soldats bourguignons.

– La Sorbonne s'occupe des ânes, d'habitude,

ironise le Sénéchal, pas des bœufs. Comment passaient-ils du collège de Navarre aux étals des boucheries de maître Augier ?

Dans le petit cabinet, l'Écrivain se surprend à opiner. A ses côtés le commis et Sylvain écoutent avec passion.

– Notre hôte, dont je salue le génie, avait appris que le sol de notre entrepôt à grains venait de s'effondrer dans les catacombes...

– Quelles catacombes ?

– Paris est creux. Vous ne le saviez pas ? Les pierres des remparts et des maisons de la ville viennent de carrières souterraines. Il y a des lieues et des lieues de galeries sous nos pieds. C'est là qu'étaient gardées, puis abattues les bêtes. Et naturellement une galerie mène à une boucherie de maître Augier. Il est amusant de savoir qu'une autre mène à la maison où nous sommes.

De nouveau, le changeur est sorti de sa torpeur pour haïr brièvement le robin. Quant à l'Écrivain, il a sursauté : avec cette information, la dernière pièce du puzzle s'est mise en place.

La galerie s'arrête sur un mur percé d'une porte que l'homme en crise ouvre sans même tâtonner. Un couloir maçonné s'allonge devant lui. Sa marche irrégulière résonne sur le sol dallé en un étrange staccato qui se répercute sous les voûtes obscures...

– ... et voilà, cher Sénéchal !

Faber s'est arrêté. Il a parlé tendu en avant, les coudes sur la table et les yeux dans les yeux du chevalier au médaillon. Satisfait, il se cambre et s'appuie confortablement à son dossier. Après un instant il reprend :

– A bien y réfléchir, je crois que maître Augier m'a « donné » cette affaire surtout pour avoir accès au collège de Navarre qui est fort proche de la porte Bordelle. Il avait besoin que les bêtes disparaissent très vite dans les catacombes...

De nouveau le Sénéchal s'agite. Faber, après un coup d'œil au banquier cramponné à la table pour supporter son mal, continue :

– Pourquoi je ne vous donne pas votre or ? Parce que messire Augier à qui ses bouchers ont, bien entendu, déjà payé nos bêtes, tente de garder l'argent pour lui, maintenant que l'opération est terminée ! Son plan était fort simple. N'étant moi-même pas payé, je ne pouvais pas vous régler, et n'ayant pas encore compris sa manœuvre déshonnête, j'attendais son bon plaisir. Elle était pourtant claire, cette manœuvre. On vous sait emporté et sans scrupule, messire Sénéchal, alors il espérait que vous me tueriez sur un coup de colère. Dès lors, remonter jusqu'à lui vous devenait impossible et il gardait tout l'argent ! C'est tellement simple...

Dans un état second, le financier entend le réquisitoire de son complice qui n'a dit que la vérité. Du fond de sa douleur, il cherche le courage de se battre pour sauver son or, mais son cerveau reste dramatiquement obscur et lui, le redoutable négociateur, ne parvient pas à construire son propos.

Faber poursuit, intarissable :

– Il convient d'arriver à un accord avec notre hôte parce que, voyez-vous, les princes sont ses obligés et il est dangereux de leur déplaire. Tenez, saviez-vous que messire Augier a prêté dix mille écus au connétable Armagnac... et tout autant à monseigneur de Bourgogne ?

Une troisième fois le banquier sursaute.

– Eh oui, messire Augier, l'Église, voyez-vous, l'Église sait tout de vous... Une dernière chose, messire Sénéchal. Les coffres derrière vous ont bien deux serrures. Vous avez la moitié des clés mais je suis bien sûr que l'autre moitié est dans un de ces tiroirs.

Tranquillement, le sorbonnard tire sa cathèdre contre la table, ouvre un tiroir, puis un autre et en sort un trousseau. Subjugué, le chevalier ne bouge pas.

– Faisons les comptes, voulez-vous, complète le gros Faber d'un voix doucereuse, à moins que messire Augier ne nous rende ceux qu'il m'a fait voler dans mon cabinet.

– Ces aveux suffiront ! tonne le prévôt qui jaillit dans la pièce, suivi de ses sbires.

Il se trouve nez à nez avec l'épée du Sénéchal qui a dégainé dans un éclair d'acier tandis que Simon Piedvache cherche désespérément son arbalète. Un lourd silence écrase l'assistance figée. Alors, avec un mauvais sourire, le Sénéchal lève lentement son arme. Alphonse d'Amaury ne bouge pas mais il a pâli et ses lèvres s'agitent. Du moins mourra-t-il repentant.

– A votre place je n'en ferais rien, messire Sénéchal, dit une voix grave.

D'un même mouvement, les têtes se sont tournées. Simon l'archer contemple son arbalète pointée sur lui ; Faber comme le Sénéchal dévisagent le grand homme de noir vêtu qui se détache à peine du mur. Tous deux éprouvent la même angoisse démoniaque. Le premier croit qu'il remonte de son passé pervers pour le confondre. Le second, qui l'a fait tuer trois fois, en lâche son épée de saisissement. Maître Augier tremble devant la sérénité impassible qu'il lit dans les yeux de son commis. Quant au prévôt, il ne comprend rien.

– Maître Faber, voici vos comptes !

La liasse de parchemins s'abat sur la table devant le sorbonnard dont le cœur entreprend une sarabande effrénée. Tranquillement, l'Écrivain se tourne vers le prévôt.

– Voyez-vous, messire, ces messieurs n'ont raconté qu'une partie de leurs forfaits. A les entendre, ils n'ont occis que quelques centaines de vaches, ce qui n'est pas un crime. Cela ne les met pas pourtant hors de danger car monseigneur d'Armagnac, dont ils ont grugé l'impôt, fait très vite trancher la tête des traîtres. Non, il y a...

– Vous avez été banni dix ans ! s'écrie Alphonse d'Amaury. Gare à vous si vous salissez un notable tel que maître Augier.

– Ils ont violé ma porte. Ils se sont introduits par effraction ! glapit ce dernier dans un sursaut.

Avant que le prévôt complaisant n'ait réagi, le changeur intervient :

– Que non point, messire prévôt. Mon ami l'écrivain public de la porte Bordelle et moi sommes entrés avec mes clés que voilà, et n'oubliez quand même pas que nous venons de vous sauver la vie. Voyons, mon cher associé, complète-t-il pour Jean Augier qui le dévisage, les yeux brûlants de fièvre et de haine, tu ne vas pas me fermer ta porte, n'est-ce pas ?

Écrasé d'ironie et de douleur, le maître changeur baisse la tête. Le désir de lutte s'éteint en lui. Son bras ? Le retour de son passé, plutôt, et les révélations qu'il ne pourra arrêter. Naguère pointée sur lui, l'arbalète menace à nouveau le Sénéchal. Son air excessivement accablé n'a pas dupé l'Écrivain qui a vu sa main ramper vers son épée.

– Maître Augier que vous défendez, messire prévôt, explique le changeur qui en impose par son calme, est complice de plusieurs meurtres, en particulier de folles fillettes.

– Les filles disparues n'ont aucun rapport avec messire Augier, s'offusque le prévôt.

– Hélas si ! Vous en jugerez par vous-même...

Des hommes du guet peu à peu prennent place. Alors Sylvain le Manchot fait un geste et, par l'autre porte, entrent les mendiants. Malgré leur attitude déférente, ils ont tôt fait d'occuper les points stratégiques de la salle.

Tout le monde s'immobilise, en proie à une tension palpable.

– Ce sont des amis, poursuit le changeur. Ils se feraient couper en quatre pour moi. Mais n'ayez crainte, messire prévôt, vous et vos hommes êtes les bienvenus, en particulier comme témoins car, voyez-vous, ce que vous allez apprendre va conduire ses messieurs en haute justice et c'est vous qui aurez eu l'honneur de les arrêter. Je note d'ailleurs que votre présence fait la preuve de votre intuition. Permettez-moi de vous en féliciter.

Ébahi par l'assurance rouée de son compagnon, l'Écrivain ressent soudain une joie profonde devant cette renaissance. Quant à Alphonse d'Amaury, il a fort bien saisi le message. D'un geste il apaise ses hommes et tous se tournent vers le quatuor affairiste.

Le rideau peut se lever sur le drame.

21

Drames

Un bruit a dû la réveiller. Elle se dresse sur son séant. Dans la lumière rouge des braises, elle voit s'avancer un grand homme ensanglanté et tout de suite la peur l'étreint. Alors elle lui dédie un sourire misérable qu'il semble ne pas voir. Paralysée de terreur, elle ne peut même pas crier quand il s'approche...

Le silence de nouveau, que rompt la voix douce de l'Écrivain :

– Saviez-vous que votre fils était fou lorsqu'il a tué la fille de votre associé ici présent après avoir tenté de la violer, il y a maintenant vingt-deux ans ?

Les yeux du banquier s'écarquillent puis se referment en une crispation douloureuse et tout son corps semble se recroqueviller. Nul ne bouge, nul n'ose respirer. Les regards convergent sur l'homme anéanti, lourds comme un charroi de pierres.

– Il n'est pas fou, balbutie-t-il d'un filet de voix à peine audible mais formidablement présent, il n'est pas fou : c'est mon petit...

Il se redresse soudain et, les yeux fulgurants dans son visage exsangue, il hurle :

– C'est elle. Elle l'a séduit, elle l'a provoqué. C'est un succube *, un succube ! Ce n'est qu'un enfant, poursuit-il, la voix maintenant éteinte. Il n'a que quatorze ans.

– Elle en avait huit !

La voix du changeur a claqué comme un coup de fouet. Debout, hiératique, les yeux brillants de larmes qui refusent de couler, il reprend, la voix grondante :

– Ton fils était fou. Il est toujours fou. Combien en a-t-il tué depuis ma petite fille ? Combien ? Il faut le détruire, comme une bête nuisible, sans méchanceté ni faiblesse.

Le financier, prostré, semble ne pas entendre. Perdu dans son propre drame, il regarde dans le vide quelqu'un qu'il est seul à voir et parle d'une voix brisée :

– Mais il a mal, tellement mal ! Il est perdu. Alors il revient. Il revient toujours mais rien ne le calme. Rien... sauf elles. Sauf elles.

Dans la lueur des torches, dans cette salle grise au sol de pierre, sa crinière blanche, sa pâleur, sa longue robe sombre et son bras sanglant en font un spectre devant lequel les hommes se signent. Il s'exalte :

– Ce sont des putains ! Des filles du Diable qui viennent nourrir son mal. C'est une œuvre pie de les écraser ! Il les détruit. Alors... alors il retrouve la paix.

Son regard s'éteint. Il s'appuie au mur pour ne pas tomber. L'Écrivain s'arrache à la fascination horrifiée qu'éprouve toute l'assistance, il se tourne vers ses compagnons : sur le visage calme du changeur, coulent des larmes claires qu'il ne cherche pas à arrêter... c'est comme si... comme si elles lui lavaient l'âme. Faber ne bouge pas mais son regard traqué trahit un malaise qui s'accroît. Le chevalier, la bouche ouverte, tremble. Lui, le guerrier sans pitié, craint les forces sombres qui animent ce vieillard aux yeux hallucinés. Simon Piedvache n'a que faire de ces simagrées, il ne songe qu'à reprendre sa chère arbalète et grogne comme un ours empiégé. Sylvain le mendiant se cramponne au bras de l'Écrivain comme un homme qui se noie mais ses yeux fulgurent d'une haine implacable. Alentour, les autres sont immobiles...

– Il souffre...

La voix de maître Augier gronde à nouveau, misérable.

– Il souffre. De plus en plus. La douleur monte. Alors on nous prévient. Il faut tout préparer. Tout préparer... Pour qu'il puisse... qu'il puisse... au moins trouver la paix... Tu comprends ?

A qui parle-t-il ? Qui voit-il ?

Peut-être dame Béatrice...

Dans le coin de l'église Saint-Séverin où l'on tolère qu'elle dorme, dame Béatrice la folle s'est soudain réveillée. Silencieuse, elle avance, le long de la nef obscure, vers la lampe à huile qui brûle jour et nuit devant la Vierge Noire qu'elle a tant insultée. Face à la statue, elle s'arrête pour écouter le silence et doucement se détend. Ses rides creusées par le malheur et la révolte sculptent son visage en une harmonie étrangement sereine. Entend-elle l'aveu de l'homme effondré là-bas dans sa maison triste ? Elle est belle tandis qu'elle écoute la voix intérieure qui l'a arrachée à son terrible cauchemar...

Englouti au fond de sa fièvre, le maître changeur poursuit son soliloque :

– Il voit dans la nuit des tunnels, progresse sans jamais hésiter, plus vite, plus vite que la douleur qui vrille son cerveau... Il la trouve enfin... Alors...

Un hurlement déchirant ébranle la maison ; la terreur abyssale de cette voix de femme glace l'assistance...

– Allons-y !

Suivi de Sylvain et du changeur, l'Écrivain se précipite.

– Surveillez-les ! glapit le prévôt qui se jette à leur suite.

Jean Augier n'a pas même tressailli. Ce cri trop familier est un signal attendu.

– C'est ainsi qu'il trouve enfin la paix, conclut-il sourdement.

L'Écrivain arrache une torche des mains d'un sergent et plonge dans l'escalier. Au rez-de-chaussée il hésite ; un second cri affaibli, pathétique, le guide vers une porte de chêne qu'il ouvre comme s'il voulait l'arracher. Une bouffée moite monte d'un escalier de pierre dans lequel il s'engouffre. Il traverse des étuves, entre dans une antichambre où une grande femme osseuse se dresse devant lui, brandissant un couteau. Il hésite, pas le changeur qui, avec une grimace haineuse, la balaie d'un geste violent. Elle va heurter un mur contre lequel elle s'étourdit... L'Écrivain réalise vaguement que ces deux-là se connaissent et se haïssent, mais déjà il fonce vers la porte du fond qu'il secoue violemment. Perçant l'épais vantail, des halètements rauques, un tumulte de chocs mous retentissent, angoissants. On tue et il arrive trop tard.

Il a entendu la cavalcade, les ordres braillés, les pas sonores sur les marches de pierre. Il sait qu'on vient le prendre mais il faut qu'il finisse. Il serre le cou de la chienne, de la pécheresse enfantine qu'il doit tuer et retuer régulièrement. Il attend que son larynx craque pour qu'elle ait ce spasme de mort qui vide sa folie et le laisse pantelant mais lucide et vivant à nouveau. Sous lui, la fille s'agite en mouvements chaotiques, mais cela va cesser... Il y est presque.

Un fracas, une lumière brûlante insoutenable, grandissante.

A l'extérieur, l'Écrivain affolé s'acharne sur la porte. Le changeur le bouscule et tire sèchement le verrou. Le battant s'ouvre à la volée et tous deux jaillissent dans la pièce la torche en avant.

Couché sur une fille très jeune, nue comme au jour de sa naissance, un homme gigantesque l'étrangle, un rictus insane sur le visage. Quand il tourne la tête, l'Écrivain reçoit le choc de ses yeux de glace dans lesquels se reflète la lumière de sa torche. Comme dans un rêve lent, il voit la bouche de l'homme s'ouvrir pour hurler de douleur tandis qu'il lâche la petite et se protège les yeux de ses mains sanglantes.

Le Pape ! Le Pape de la nuit ! C'est lui, le fils du banquier, lui aussi qui, dans les catacombes, a tenté de le jeter dans une oubliette. Pris d'une terreur animale, l'Écrivain s'est arrêté. L'agresseur se reprend et se jette sur lui, brandissant une longue lame tirée de sa ceinture. Simultanément, l'épieu du changeur lui perce le bras et le crochet de Sylvain s'enfonce en une torsion sauvage dans ses côtes. D'un effort titanesque, le géant s'arrache avec un mugissement. Le Manchot crie tandis que, sous les yeux hallucinés de l'Écrivain, sa prothèse se rompt. Ensanglanté par les courroies de cuir qui ont cisaillé la peau, le poignet de Sylvain semble tranché une seconde fois.

Le crochet d'acier ancré dans sa chair, le géant immobile ouvre la bouche, libérant le flot de sang qui monte de ses poumons crevés. Crachant un brouillard rouge à chaque expiration, il se tourne d'un bloc et bondit vers le souterrain.

L'Écrivain, libéré de son angoisse, démarre à sa suite dans le couloir de pierre qui s'enfonce dans le sol. Devant lui le fuyard court en titubant, laissant des traces pourpres sur les murs auxquels il s'appuie. Une nouvelle porte s'ouvre : les catacombes. L'Écrivain s'arrête, terrifié par cette gueule sombre où il a naguère senti venir sa mort. Il voit l'assassin des folles fillettes disparaître dans la galerie qui doucement s'incurve.

Il est revenu dans la salle nuptiale. Assise sur le lit, la petite respire en sifflant. De longues griffures ont tracé de sauvages arabesques sur son joli corps dénudé. Il croise le regard de ses grands yeux affolés. Son visage doux a gardé le flou de l'enfance. Un corps de femme et un visage juvénile, comme les autres ! Sur son cou, des taches blêmes témoignent de la poigne de son agresseur. Une mendiante la rassure tandis qu'un de ses compagnons rapporte ses vêtements qu'il a trouvé pliés dans l'antichambre. Des sanglots convulsifs la secouent brutalement et les feulements douloureux de son souffle déchirent le cœur des assistants.

– C'est fini, mon petit, c'est fini...

Un instant elle cesse de claquer des dents et parle d'un voix sifflante et hachée :

– Il n'a pas pu. Il restait mou, comme... comme un escargot. Je ne savais pas quoi faire... Il m'a battue... J'ai crié... alors il m'a serré le cou... pour... pour me tuer...

Elle se tait, la gorge douloureuse.

Celle-ci aussi pourrait être sa fille. Elle a quoi ? Quinze, seize ans au plus... Pauvre gamine privée d'enfance. L'Écrivain s'arrache à sa compassion. Il soupire et s'écarte tandis qu'avec une grande douceur la mendiante la rhabille. Alors seulement il remarque le changeur en retrait, dont le visage ruisselle de larmes... C'est une fillette toute jeune qu'il voit...

Sylvain a demandé du vin qu'un de ses hommes apporte. Il boit une grande gorgée au cruchon de terre puis, serrant les dents, inonde généreusement ses plaies.

– Rentre, le supplie l'Écrivain, le borgne te soignera.

– Ça va, grogne le Manchot tandis qu'il attache à son moignon un linge propre. Bois un coup, toi aussi. Ça te fera du bien.

Il n'aurait jamais cru avoir si soif. Il boit comme si sa vie en dépendait et vide la cruche d'un trait, sous le regard ironique de son compagnon qui s'adresse à ses gens :

– Holà, compagnons, emmenez la petite avant qu'il ne soit trop tard.

En un instant les mendiants ont disparu.

Quand le prévôt, prudemment parti chercher ses hommes, revient, la salle est vide.

– Où est la folle fillette ?

– Elle a dû fuir pendant qu'on poursuivait l'agresseur, déclare l'Écrivain. A notre retour elle était partie...

– Qu'importe cette pute. Qu'elle se fasse pendre ailleurs. Ainsi notre homme s'est échappé et on ne sait même pas qui est ce pauvre fou.

– Oh si, on sait qui c'est ! déclare le changeur.

C'est Jean Augier le jeune, fils de Jean Augier, maître banquier...

– Dit le Pape de la nuit.

– C'est vrai, clame un des sergents, on l'a bien reconnu !

Ses compagnons renchérissent tandis que l'Écrivain porte son estocade :

– Ce n'est qu'un pauvre fou, qui tue quand il est en crise. Mais ça n'est pas grave. Ce ne sont que des putains.

Alphonse d'Amaury, prévôt du Châtelet, le foudroie du regard. Cette affaire touche aux puissants, à l'argent de l'Église, à la Sorbonne. Il ne peut plus l'étouffer et risque d'y laisser des plumes. Il était venu pour le Sénéchal et c'est tout. Sur le point de remonter l'escalier il se retourne :

– Retrouvez cet homme, vous autres. Et les filles disparues aussi.

S'adressant à l'Écrivain il grogne :

– Sans cadavres, pas de meurtres. Vous entendez : pas de meurtres !

L'Écrivain garde son calme et ne répond pas. Déçu, le prévôt remonte l'escalier.

– Les cadavres des filles sont là, dans le souterrain, dans l'antre du fou. Il crache le sang. Il n'ira plus loin. Il suffit de suivre ses traces... Allons-y !

Son ton de commandement fait merveille et les quatre sergents le suivent comme un seul homme. Les gouttes de sang sur le sol, les traces de doigts sur les parois, l'empreinte d'une chute sur le sol les guident. A un coude de la galerie, ils s'arrêtent net : là-bas, à peine visible dans l'ombre, la silhouette gigantesque du Pape de la nuit oscille, puis s'abat et disparaît.

A la lumière vive des flambeaux et avant même de l'atteindre, l'Écrivain reconnaît la faille où le fuyard a tenté de le précipiter. Il revoit immédiatement les étranges tas de chiffons qui l'avaient intrigué alors, mais que sa fièvre l'avait empêché d'identifier : les cadavres des filles !

– Il est tombé dans ce trou, dit-il. Ses victimes y sont aussi !

D'autorité, il emprunte la torche d'un sergent et la jette dans l'oubliette : le Pape de la nuit est là, agonisant. A ses côtés, grimace le visage décharné d'une morte, à deux pas un deuxième et un troisième cadavre gisent dans des positions grotesques. Avec un haut-le-cœur les hommes s'écartent.

– Il faut le sortir de là. Je dois le voir mort.

La voix du changeur. Il les a suivis. Il n'a plus son regard vide, il ne triomphe pas non plus, son visage est farouche mais vivant. Il va simplement au bout de sa rédemption.

– Remontons-les ! ordonne l'Écrivain.

22

Marion

– Ça va mieux, grogne le Manchot tandis qu'il fixe comme il peut sa prothèse à son bras.

– Ça va irriter tes blessures, répond l'Écrivain.

– La nuit n'est pas finie.

– Comment ? s'étonne l'Écrivain, reclus de fatigue.

– La petite, sous ta fenêtre. Ce n'est pas le fou qui l'a tuée mais l'archer du Sénéchal, et oublies-tu qu'il n'était qu'un exécutant. Tu ne veux plus savoir qui a tué la petite Marion ?

L'Écrivain est assis sur un banc dans l'entrée de la maison du banquier, près de la porte grande ouverte sur la nuit. A ses pieds trois cadavres de filles et le Pape de la nuit qui finit de se vider de son sang après que, sans vergogne, le Manchot a arraché son crochet de son torse. L'Écrivain l'a regardé faire avec gêne mais le géant était sans connaissance et nul n'a jamais vu guérir une blessure pareille. Combien en a-t-il vu agoniser des heures, un fer dans le ventre ! Les achever était massacre ou miséricorde, sans qu'on le sache jamais vraiment. Le Manchot et lui sont seuls à souffler un peu. Les sergents sont partis quérir une charrette, du moins les quatre qui, avec eux, ont remonté les trois cadavres et le mourant. Ils ont traîné les pauvres dépouilles sur le sol pierreux. Parfois un lambeau de vêtement ou de chair putréfiée s'accroche et s'arrache. Seul le souvenir de la petite revenant à la vie lui a permis de supporter cette macabre besogne. Mais le prévôt voulait des cadavres et l'Écrivain la certitude de sa liberté.

Ils sont encore là quand revient le changeur. L'Écrivain songe qu'il ne l'avait pas même vu partir. Il n'est pas seul, cramponnée à son bras marche la femme en cornette, celle qui gardait l'antre où le monstre étranglait la petite. Elle n'a plus de couteau mais les deux hommes se dressent, en alerte. Puis leurs bras retombent devant le visage ravagé de la femme. Sans un regard pour eux, elle s'effondre sur le moribond et ses pleurs s'enflent en sanglots déchirants.

Les trois hommes se détournent et se regardent. Lentement les mains de l'arrivant se lèvent pour étreindre les mains de ses deux compagnons. Ils restent ainsi, immobiles et silencieux, puis le changeur s'en va d'un pas lourd.

Les regards des deux hommes reviennent sur la pleureuse.

– Remontons ! grogne Sylvain, exaspéré par son émotion.

Ils ne vont quand même pas pleurer un assassin qui étrangle des filles de quinze ans parce qu'il n'arrive pas à les baiser !

Faber est épuisé par cette nuit de sang. En apprenant la mort du Pape de la nuit, maître Jean Augier est devenu fou. Il s'est précipité sur lui, empreint d'une rage homicide, l'accusant de l'avoir tué. Un garde l'a stoppé d'un coup du manche de son épieu et il s'est effondré. Quant au prévôt, gonflant le torse, il s'est tourné vers ses hommes pour annoncer la saisie de l'or du banquier. Ramassant négligemment les deux trousseaux de clés, il a ouvert les coffres, sorti deux lourds sacs d'écus et les a vidés théâtralement sur la table. Nul présent, jamais, n'avait vu autant d'or. Les yeux luisants, tous se sont approchés, y compris l'arbalétrier qui menaçait les prisonniers. Le crochet du Sénéchal l'a cueilli au menton. Il a lâché son arme. Très vite, Piedvache l'a saisie et braquée sur les gardes qui n'ont pas eu le temps de réagir. Un choc mat et chuintant : Alphonse d'Amaury s'est effondré, le crâne fendu d'un formidable coup d'épée du Sénéchal...

Son valet d'armes à ses côtés, le chevalier au médaillon a reculé lentement vers la porte. A portée de la table, il a saisi d'un geste preste un sac d'or à demi plein. Risque fatal : d'un coup de pointe un des sergents l'a attaqué. Un écart, un coup d'épaule à son compère et le Sénéchal s'est trouvé protégé. Qu'importe que son fidèle valet ait reçu quatre pouces d'acier dans le corps !

Soutenu par la haine envers ce maître, qui n'a pas hésité un instant à le sacrifier pour survivre, Simon s'est libéré d'une secousse, a bondi à la suite de son maître. Malgré le brouillard écarlate qui obscurcit ses yeux, malgré le sang qui gicle de sa poitrine trouée, une idée unique l'anime : tuer le traître qui fuit devant lui. Il a gardé en main son arbalète bandée.

Oubliant le gros sorbonnard toujours avachi sur sa cathèdre, les gardes se sont précipités à leur suite...

Le Manchot et l'Écrivain montent l'escalier quand la porte s'ouvre avec fracas, des sergents ferraillent durement contre le Sénéchal déchaîné. Malgré de multiples blessures, il se bat comme le Diable et fait mouche : le ventre ouvert, un garde tombe à genoux, tentant vainement de retenir le paquet grisâtre de ses tripes. Les deux hommes se sont jetés de côté, évitant la lame fulgurante. Déjà Simon l'archer, fonçant comme un taureau, se jette sur les traces de son maître.

Dehors il titube, se campe sur ses jambes écartées, lève sa lourde arbalète, vise soigneusement et enfin lâche son trait. A cinquante toises de là, la silhouette diffuse du Sénéchal sursaute, comme piquée par un serpent, puis retombe, se relève et poursuit sa route en chancelant. L'archer est tombé sur les genoux. Une tache sombre s'élargit sur son pourpoint... Alors, alors seulement, l'Écrivain remarque que la lueur de l'aube frange les pignons des maisons...

– Un joli coup !

Le Manchot a parlé d'un ton admiratif, en connaisseur. Simon ne dit rien, il comprime sa blessure de son poing fermé mais un sourire s'épanouit sur son visage. Lentement il s'appuie au mur et, tel un fauve blessé, attend la mort en silence. Alors l'Écrivain s'approche...

Resté seul, le gros Faber ramasse tranquillement l'or, referme les sacs et se dirige vers la petite salle des archives à la recherche d'une très probable issue. Comment l'escogriffe et ce mendiant aux yeux trop bleus ont-ils pu entrer sinon par là ? Quand il sort dans le jardin, nul ne pourrait remarquer dans la pénombre l'embonpoint suspect dû aux sacs d'or attachés sous son ample robe noire. Il repère sans mal la petite porte donnant sur la ruelle, débloque la branche qui la fermait et sort dans la lueur rose de l'aube naissante...

La nuit a été longue, fatigante, fertile en événements violents mais fort lucrative. Il part vaillamment pour le havre du collège de Navarre.

L'archer a tout dit, tout ce qu'il savait, il a même parlé avec une sorte de jubilation. Pour se libérer ? Plutôt pour entraîner dans le sillage de sa mort un assassin minable. C'est une histoire bête à pleurer : un stupide accident qu'un lâche a transformé en meurtre. L'Écrivain se relève, troublé. Il lui reste une chose à faire, une seule, mais il y tient.

Par deux fois Faber a dû s'arrêter pour souffler, par deux fois son cœur s'est emballé comme jamais. Il aurait dû s'étendre, demander de l'aide, mais l'or... Il n'aurait pu le cacher... Deux fois il est reparti dans un brouillard précurseur de syncope. D'abord arriver. Il se reposera, riche ! Plus riche qu'il n'a jamais espéré l'être. Il a tout gagné. Un carreau d'arbalète a percé le Sénéchal, son valet d'armes ne survivra sans doute pas et cette ganache de prévôt qui en savait trop est héroïquement mort en service, sans parler du banquier et de son fils ! Faber, qui se repose un instant, a une pensée admirative pour Jean Augier. Il croyait s'y connaître en canaille mais celui-là les surpassait toutes... sauf lui, puisqu'il est vivant !

Il est vivant mais les passants, inquiets de son

teint blême, de la transpiration qui coule de son visage, de son souffle ronflant, le regardent avec ce vague dégoût qu'on a pour les mourants. Sans s'en rendre compte, il poursuit sa méditation triomphante : les sergents de la garde ? Ils n'ont pas dû comprendre grand-chose à ses aveux. S'ils témoignent contre lui, en bon maître de dialectique il leur clouera le bec, et qui du docteur en Sorbonne ou du soudard analphabète sera cru par ces messieurs du Parlement ? Bref, les témoins dangereux ont disparu et c'est lui qui a l'or. S'il n'était pas si lourd !... Mais s'il était moins lourd, il serait moins riche, alors !

La petite porte du collège de Navarre est ouverte malgré l'heure matinale. Il est trop épuisé pour s'en étonner. A vrai dire, il se traîne... Il met un temps infini à monter à l'étage où sont ses appartements. D'un ultime effort il ouvre sa porte, repousse mollement le battant et ne voit pas entrer silencieusement la haute silhouette de l'Écrivain. Épuisé, il s'effondre sur sa haute cathèdre, écoute avec inquiétude la sarabande irrégulière de son cœur. Quand il se sent mieux, il se lève pesamment, décroche ses deux sacs d'écus et les pose sur la table. Soixante livres d'or. Un poids considérable. De quoi acheter la moitié d'une ville ou toute une armée. Il est émerveillé. Ses forces un peu revenues, il se lève et va lentement vers la grande armoire de fer où il range ses trésors. Il remarque alors sa porte entrebâillée, la ferme soigneusement, revient vers son armoire, l'ouvre, y pose les deux sacs. Il comptera l'or plus tard, quand il aura pris un vrai repos. Les nuits blanches ne sont plus de son âge...

– Elle était donc là !

Ébahi, le gros Faber voit une longue main maigre au poil noir pénétrer dans son armoire, en ressortir une cassette de bronze ouvragée dont un des fermoirs, en forme de petite jambe, manque. Un mouvement fou, celui de se retourner vite, le poignarde. Il titube jusqu'à sa cathèdre sur laquelle il s'effondre. Il a mal dans la poitrine. Très mal. Il n'ose pas, il ne peut pas bouger. Devant lui se dresse l'escogriffe noir.

– Tu n'auras pas mon or, éructe-t-il dans un souffle.

– Il ne m'intéresse pas, répond l'Écrivain, mais tu vas quand même me rendre des comptes.

Aucun humain ne refuserait avec un tel mépris des milliers d'écus d'or...

– Tu es Belzébuth, gémit le gros homme terrorisé.

– Même pas. Tu n'as pas assez d'importance, maître Faber. Pas assez d'importance pour Belzébuth...

Le gros homme est terrorisé. Son interlocuteur a dévoilé sa nature démoniaque. Il en est certain, lui qui a tant étudié le Diable et ses armées d'anges déchus. Le personnage devant lui n'est pas le maître de l'Enfer mais l'un de ses aides. Cette façon de le frapper au cœur sans même le toucher est une signature. Anéanti par sa damnation, le gros Faber parle, il avoue tout à ce démon qui le questionne. Pourquoi se tairait-il, son interlocuteur infernal sait déjà toute la vérité. Il goûte simplement le plaisir pervers des aveux. Son châtiment éternel vient de commencer.

– Elle m'avait vu y prendre deux écus, dit-il d'une voix morne, un pour elle, un pour sa compagne, et elle a voulu me voler. Elle tirait par le fermoir mais je tenais bien ma cassette. Quand il s'est cassé, j'étais si furieux que je l'ai frappée.

– Tu lui as fracassé le crâne.

– Elle n'a eu que ce qu'elle méritait.

– Mais l'autre, la petite Marion, t'avait vu. Elle a ramassé la petite jambe brisée et s'est enfuie. Il fallait qu'elle se taise, n'est-ce pas, définitivement. Alors Simon, le valet d'armes du Sénéchal, t'a rendu ce petit service. Un carreau d'arbalète et tout était fini. Dis-moi, comment l'a-t-il retrouvée ?

– Un « petit service » qui m'a coûté cinq écus d'or. C'est lui qui m'avait amené ces deux putes, moyennant une commission. Il connaissait bien le souteneur de la nommée Marion. C'est par lui qu'il l'a retrouvée.

– Le commis du serrurier, je sais...

L'esprit de Faber s'embrume. Face à son démon personnel, il ne peut reconnaître son ancien concurrent, ce jeune audacieux qui, dix ans auparavant, lui faisait de l'ombre. Il a éliminé tellement de gens dans cette Sorbonne qui est sa jungle ! Pourquoi, en un pareil moment, se souviendrait-il spécialement du procès en hérésie qu'il a fomenté contre celui-là ?

– Et il t'en fallait deux. Très jeunes et très dégourdies. Et en plus tu les battais, poursuit l'Écrivain comme s'il pensait tout haut.

– Je les dédommageais...

– Tu leur donnais des pièces d'or persanes dont le titre en métal précieux est bien plus faible que celui des ducats, thalers ou écus.

L'Écrivain, ouvre la cassette. Il y reste trois pièces ornées des arabesques caractéristiques...

– J'ai mal, dit Faber.

– Tu as le cœur brisé et je ne plaisante pas. Ton cœur a éclaté. Tu vas mourir, dans une heure ou un jour, deux peut-être... Tu as sans doute raison, conclut-il, pour toi, je suis bien le Diable.

Tandis qu'il descend vers la Seine, dans le triomphe d'un premier matin de printemps, l'Écrivain songe aux protagonistes du drame, et de tous, c'est Simon Piedvache, le valet d'armes, qui l'étonne le plus. En fait, au cimetière des Innocents, lorsque le Sénéchal était venu discrètement consulter la Belette, son indic préféré, il avait parfaitement reconnu le témoin gênant qui l'avait vu emporter le corps de la petite Marion. Le temps d'ameuter les Coquillards qu'il avait plusieurs fois employés pour le compte de son maître et il était parti en chasse... Il avait coutume de manipuler le Sénéchal, il lui suffisait de flatter sa paranoïa. Ainsi l'avait-il aisément persuadé que lui-même, le paisible écrivain public de la porte Bordelle, était un des délateurs d'Armagnac, ces hommes de l'ombre qui espionnaient ses proches et dénonçaient les traîtres...

L'auberge de Catherine est ouverte. Elle balaie le pavé devant sa porte. Sous le poids de son regard, elle lève les yeux et sourit. Il n'est pas bien loin quand un homme solide, portant la besace des voyageurs, s'approche de la jeune femme, la prend dans ses bras et l'embrasse à pleine bouche. L'Écrivain s'est arrêté net, le regard durci.

Elle étreint l'homme qui l'étreint mais ses yeux implorants s'ancrent dans ceux du grand homme sombre, immobile à vingt pas.

Une commère a suivi la scène.

– Son mari, dit-elle à l'Écrivain qui ne la questionnait pas. Il vient de rentrer d'un long voyage. C'est-y pas mignon ?

Il se détourne sans rien dire et s'en va. Il se sent vieux comme le monde. Aimait-il cette femme ?

Elle a croisé sa route, c'est tout... Se mentir à lui-même l'aide un peu...

Devant Saint-Séverin, il s'arrête. Pourquoi désire-t-il y entrer, lui qui ne croit en rien ? Il a eu soudain envie de voir dame Béatrice, dame Béatrice la folle. Le même bedeau qui le voulait chasser est là.

– Un homme âgé est venu la chercher. Elle était très calme, ce matin, et l'a suivi. Elle semblait heureuse.

– Cet homme, tu le connais ?

– Pas du tout, mais il paraît qu'il est banquier, comme messire Jean Augier.

Plus tard, arrivé chez lui, il reprend l'écrit rouge, trempe sa plume dans l'encre, hésite, puis jette le cahier dans l'âtre où brûle un bon feu. C'est fini et tant mieux. Il est temps qu'il se remette à écrire des choses sérieuses, des contrats de bail ou des lettres d'amour !

Paris au XVe siècle

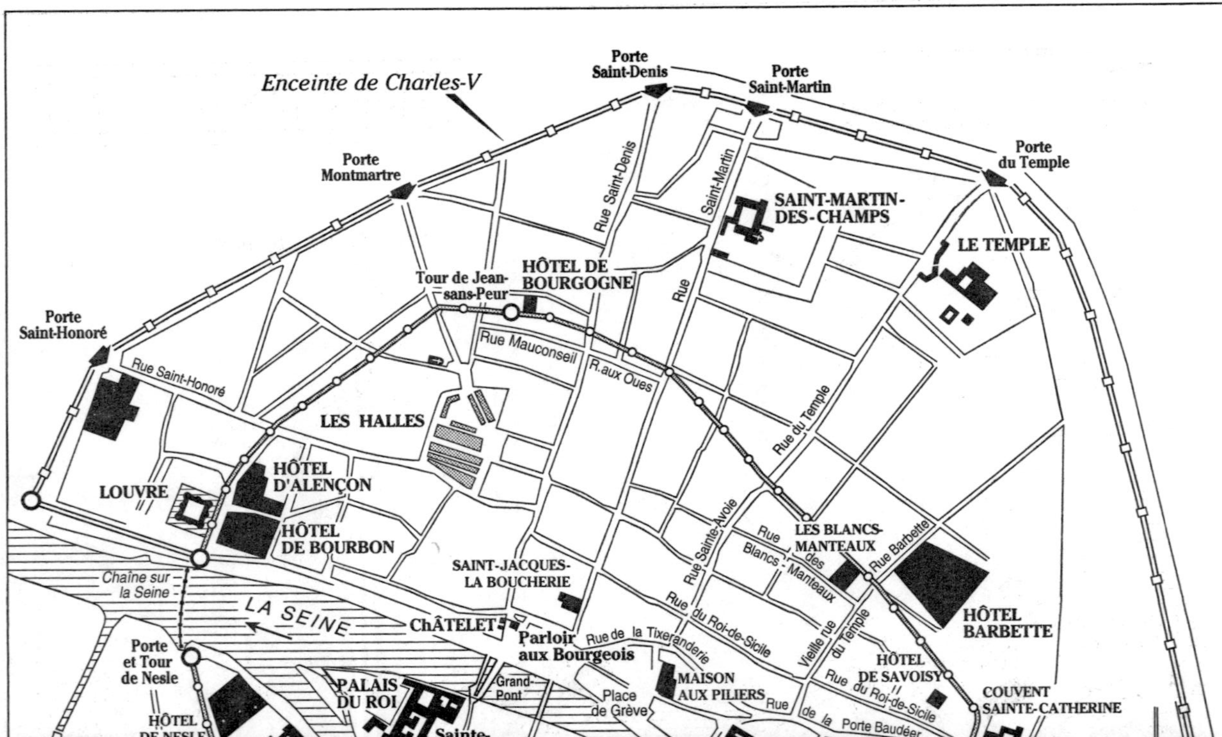
Enceinte de Charles-V
Porte Saint-Denis
Porte Saint-Martin
Porte du Temple
Porte Montmartre
Porte Saint-Honoré
SAINT-MARTIN-DES-CHAMPS
LE TEMPLE
Rue Saint-Denis
Saint-Martin
Rue
Tour de Jean-sans-Peur
HÔTEL DE BOURGOGNE
Rue Mauconseil
R.aux Oues
Rue Saint-Honoré
LES HALLES
Rue du Temple
HÔTEL D'ALENÇON
LOUVRE
HÔTEL DE BOURBON
SAINT-JACQUES-LA BOUCHERIE
Rue Sainte-Avoie
Rue des Blancs-Manteaux
LES BLANCS-MANTEAUX
Rue Barbette
HÔTEL BARBETTE
Chaîne sur la Seine
LA SEINE
CHÂTELET
Parloir aux Bourgeois
Rue de la Tixeranderie
Rue du Roi-de-Sicile
Vieille rue du Temple
HÔTEL DE SAVOISY
Porte et Tour de Nesle
MAISON AUX PILIERS
Rue du Roi-de-Sicile
COUVENT SAINTE-CATHERINE
PALAIS DU ROI
Grand-Pont
Place de Grève
Rue de la Porte Baudéer
HÔTEL DE NESLE
Sainte-

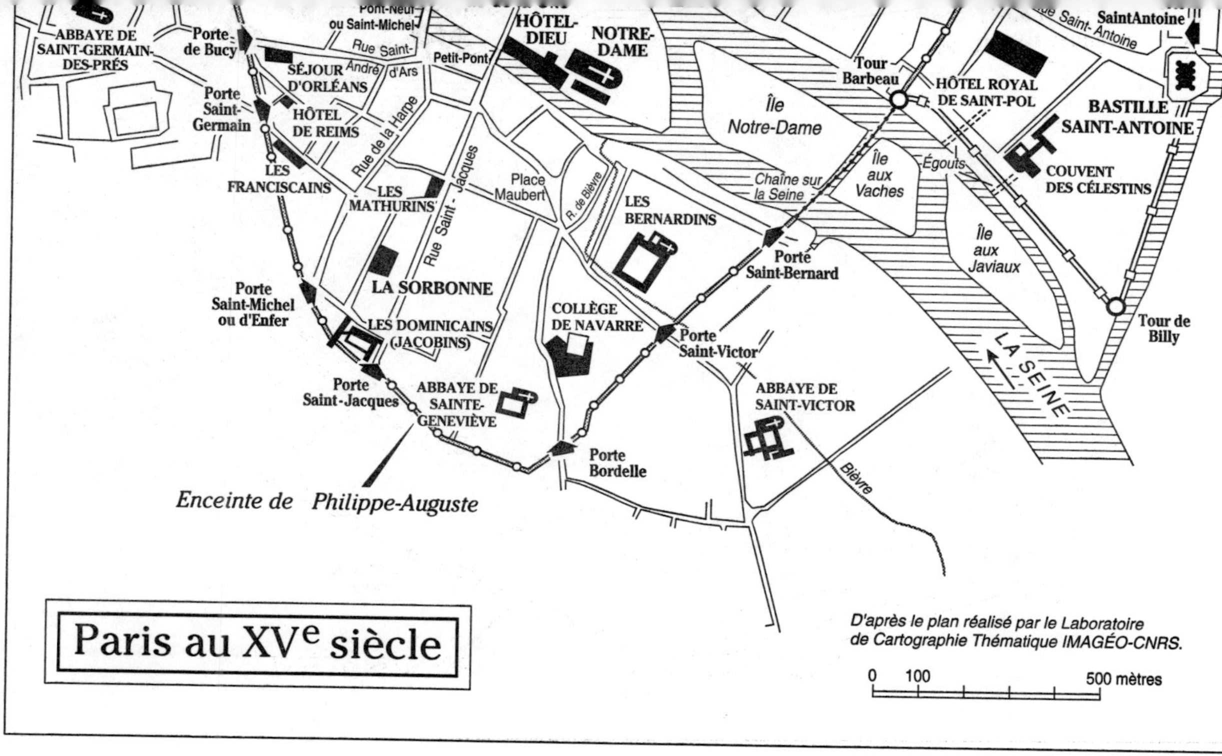

ABBAYE DE SAINT-GERMAIN-DES-PRÉS
Porte de Bucy
Pont-Neuf ou Saint-Michel
Rue Saint-André d'Ars
Petit-Pont
HÔTEL-DIEU
NOTRE-DAME
SÉJOUR D'ORLÉANS
Porte Saint-Germain
HÔTEL DE REIMS
Rue de la Harpe
LES FRANCISCAINS
LES MATHURINS
Rue Saint-Jacques
Place Maubert
R. de Bièvre
LES BERNARDINS
Île Notre-Dame
Chaîne sur la Seine
Île aux Vaches
Égouts
Tour Barbeau
HÔTEL ROYAL DE SAINT-POL
Rue Saint-Antoine
SaintAntoine
BASTILLE SAINT-ANTOINE
COUVENT DES CÉLESTINS
Île aux Javiaux
Tour de Billy
LA SEINE
LA SORBONNE
Porte Saint-Michel ou d'Enfer
LES DOMINICAINS (JACOBINS)
COLLÈGE DE NAVARRE
Porte Saint-Bernard
Porte Saint-Victor
ABBAYE DE SAINT-VICTOR
Porte Saint-Jacques
ABBAYE DE SAINTE-GENEVIÈVE
Porte Bordelle
Bièvre
Enceinte de Philippe-Auguste
Paris au XVe siècle
D'après le plan réalisé par le Laboratoire de Cartographie Thématique IMAGÉO-CNRS.
0 100 500 mètres

Glossaire

Affiquet : terme ampoulé et vieilli pour vêtement.

Aiguillette : sorte de bouton surtout utilisé pour fermer les braguettes en forme de pont des hauts-de-chausses.

Arène aux aveugles (l') était un spectacle apprécié qui consistait à armer de bâtons des aveugles qu'on lâchait dans une arène en compagnie d'un cochon. L'aveugle qui assommait la bête pouvait l'emporter...

Bachelier : étudiant en fin d'études de premier cycle.

Barbacane : double fortification protégeant une porte importante d'un rempart.

Blanc : petite pièce de monnaie d'argent.

Bougre : zoophile ; par extension, personne qui a des mœurs contre nature, homosexuel. Le mot était extrêmement péjoratif au XVe siècle, époque où l'homosexualité était un crime.

Brenne (la) : la merde, en langage plus courtois.

Caïman : vagabond, pillard et assassin (argot du XVe siècle).

Carreau : courte flèche trapue dont on chargeait les arbalètes.

Cathèdre : sorte de haut fauteuil de bois.

Chausse ou *haut-de-chausse* : sorte de culotte collante descendant jusqu'aux genoux ou jusqu'aux chevilles.

Connil : ancien nom du lapin. A noter que le mot « con » existait dans tous ses sens actuels dès le XIIIe siècle.

Coqueliquer : baiser ; ce mot désignait à l'origine la frénésie criarde du coq qui copule.

Corbeau : pierre débordante dans une muraille destinée à soutenir un chemin de rond crénelé ou un manteau de cheminée.

Cour des aides : le fisc.

Denier douze : un douzième, soit 8,33 %. Une dîme et demie égale 15 %.

Denrée : pain d'environ un kilo. Le *pain faitif* est un pain bis, de seconde catégorie. Le *denier* vaut un dixième de « sou », soit environ dix francs. Le *mollet* est un pain blanc.

Diantre (le) : le Diable.

Echauguette : petite tourelle en déport qui servait souvent de cabinet d'aisances dans les maisons ou les châteaux.

Escolier : terme médiéval pour étudiant.

Folles fillettes, filles follieuses, filles folles de leur corps : désignent, par euphémisme, les putains dans les actes juridiques du XVe siècle.

Grand-Pont : à l'emplacement exact du pont au Change.

Guisarme : sorte de hallebarde frustre, ressemblant à une serpe complétée d'une pique et d'un ergot.

Houlier : souteneur.

Jean sans Peur, duc de Bourgogne, assassin du duc d'Orléans alors chef effectif du gouvernement en 1407 ; il est à l'origine d'une guerre civile qui va durer jusqu'à sa mort en 1419 et qui l'opposera au connétable d'Armagnac.

Lieue : unité de longueur égale à quatre kilomètres environ.

Livre : un peu moins d'un demi-kilo. Trois cents livres pèsent cent quarante-cinq kilos.

Miséricorde : sorte de tabouret adapté aux lutrins, ces hauts pupitres médiévaux au plan de travail oblique.

Navré : blessé grave.

Oc, oïl : la langue d'oc est devenue l'occitan ; la langue d'oïl le français. Oc et oïl signifient « oui ».

Pagu : paysan, bouseux.

Palefroi : cheval de parade.

Porte Bordelle : porte de Paris située au sud-est de la capitale, à l'emplacement actuel de la place de la Contrescarpe. Une contrescarpe est un type de fortification d'une porte de ville ou de forteresse.

Pourpoint : veste courte à manches longues et étroites, épaulée et très cintrée à la taille.

Premier échevin (le) ou « prévôt des marchands » était en quelque sorte le président de la chambre de commerce ou le maire ; en 1411 son pouvoir n'est que théorique, mais il sera rétabli dans son autorité réelle en 1412.

Prévôt de Paris (le) est le préfet de police. Il dirige les archers du « guet » (les fonctionnaires de police) et encadre le guet bourgeois (milice d'artisans et de bourgeois).

Question ordinaire : torture judiciaire employée pour obtenir les aveux des suspects, sorte de prolongement de la garde à vue.

Question extraordinaire : torture judiciaire exceptionnelle, plus lourde que la précédente.

L'Écrit rouge

Rue Sainte-Geneviève : de nos jours, rue de la Montagne-Sainte-Geneviève.

Succube : démon femelle qui séduit les humains pour les faire damner.

Toise : mesure de longueur d'environ deux mètres.

Vêpres : office religieux du soir qui dure à peu près un quart d'heure.

1411 : Paris est l'objet d'un blocus des Bourguignons du duc Jean sans Peur que des échauffourées permanentes opposent aux troupes de la maison d'Orléans et des princes qui tiennent Paris sous le commandement du connétable d'Armagnac, beau-père du futur dauphin Charles (qui sera Charles VII). Les deux partis se réclament de Charles VI qui, devenu fou, est incapable de gouverner.

Table

L'Écrit rouge

Cet ouvrage a été transcodé
et achevé d'imprimer sur Roto-Page
par l'Imprimerie Floch à Mayenne,
pour les Éditions Albin Michel
en mai 1999.

N° d'édition : 18107. N° d'impression : 45485.
Dépôt légal : juin 1999.
Imprimé en France.